历史与文学书写的
三国魏晋故事

# 建安二十六年

李庆西 著

北京出版集团
文津出版社

建安二十六年

北京大学博雅讲席教授、中央文史研究馆馆员
陈平原先生为本书题签书名

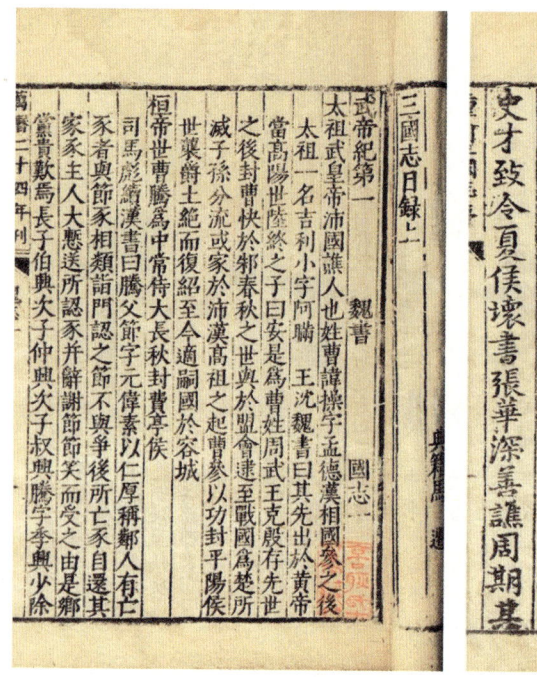

晋陈寿撰《三国志·魏书》明万历二十四年（1596）
南京国子监刻本

魏太祖曹操彩像

## 蜀志卷一考證

傳云徑漢德陽亭趣涪出劒閣西百里去成都三百餘里此云治至成都三千餘里似不應如此之遠三千或三百之訛也

## 蜀志卷二

晉 著作郎巴西中正安漢陳 壽撰
宋 太中大夫國子博士聞喜裴松之注

先主 劉備

先主姓劉諱備字玄德涿郡涿縣人漢景帝子中山靖王勝之後也勝子貞元狩六年封涿縣陸城亭侯坐酎金失侯因家焉〔典略曰備本臨邑侯枝屬也〕先主祖雄父弘世仕州郡雄舉孝廉官至東郡范令先主少孤與母販履織席為業舍東南角籬上有桑樹生高五丈餘遙望見童童如小車蓋往來者皆怪此樹非凡或謂當出貴人〔漢晉春秋

蜀汉昭烈帝刘备彩像

## 吳志卷一考證

南陽韓晞將長矛五千來爲黃祖前鋒則此虎卽表
從子也狶字宜衍
又爲子章取賁女〇章當作彰鄱陵侯也
策陰欲襲許迎漢帝注名爲仙人鏵〇一本作仙人鎌
年二十六注推几大奮創皆分裂須臾卒〇推几宋本
作椎几須臾卒北宋本作其夜卒

## 吳志卷二

晉著作郎巴西中正安漢陳　壽撰
宋太中大夫國子博士聞喜裴松之注

### 孫權

孫權字仲謀兄策旣定諸郡時權年十五以爲陽羨長
江表傳曰堅爲下邳丞時權生方頤大口有精光堅
異之以爲有貴象及堅亡策起事江東權常從每參
同計謀策甚奇之自以爲兄弟於侯養常顧權曰此
諸君汝之將也每請會賓客常顧權曰此
汝將也
郡察孝廉州舉茂才行奉義校尉漢以策遠
修職貢遣使者劉琬加錫命琬語人曰吾觀孫氏兄弟
雖各才秀明達然皆祿祚不終惟中弟孝廉形貌奇偉

吴太祖孙权彩像

新鍥通俗演義三國志傳卷之二

晉平陽侯陳壽史傳

後　學羅本編次

武　林夷白堂刊

董卓火燒長樂宮

張飛拍馬趕到關下矢石如雨淩不得
進而回八路諸侯同請玄德開讀作賀功績
使人報袁紹寨中紹聞知大喜遂移檄孫堅
令堅進兵堅連夜引程普黃蓋直到袁術寨
中相見堅以杖畫地曰董卓與我本無讎今
吾奮不顧身親冒矢石來決死戰者上為國
家討賊下為將軍家門之私而將軍卻聽讒
言不發糧草致堅敗績將軍何安術惶恐
無言就令斬了進讒言之人以謝孫堅正飲
宴間人報堅曰關上有兩騎馬來寨中要見
將軍堅辭袁術歸到本寨喚來問時乃董卓
愛將李傕不唯堅曰汝來何為傕曰丞相所
唯將軍丑今特使傕來結親水相有女欲配

明羅貫中編次《新鍥通俗演義三國志傳》

（現存明刊《三國志演義》版本中唯一的袖珍本）

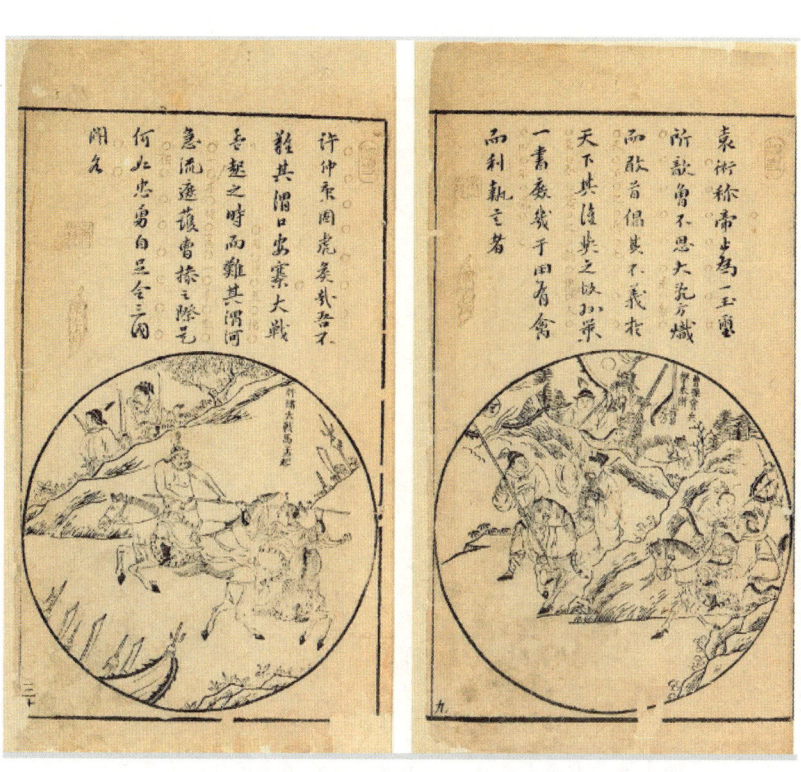

《三国志》明刊套印本暨插图版祖本
（明末清初遗香楼本和清绿荫堂本、文杏楼本、大魁堂本等插图皆从此本出）

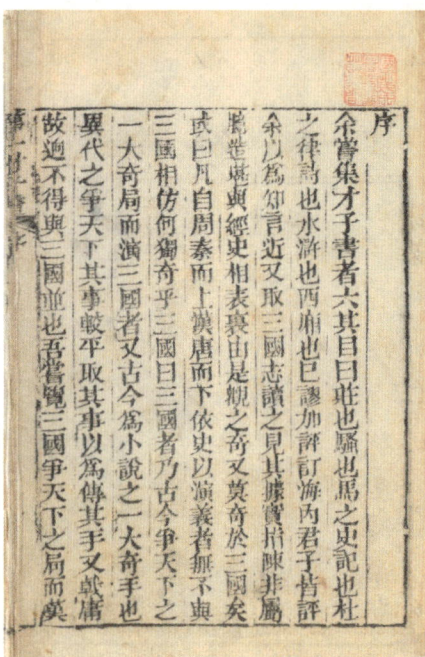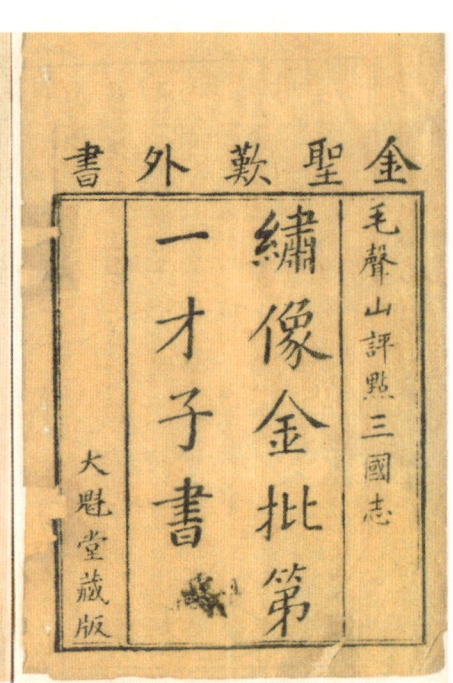

明末清初毛声山评点、金圣叹序《绣像金批第一才子书》
（大魁堂藏本）书影

明戴进绘《三顾茅庐图》

明商喜绘《关羽擒将图》

魏曹丕秉政图与曹植七步成章图

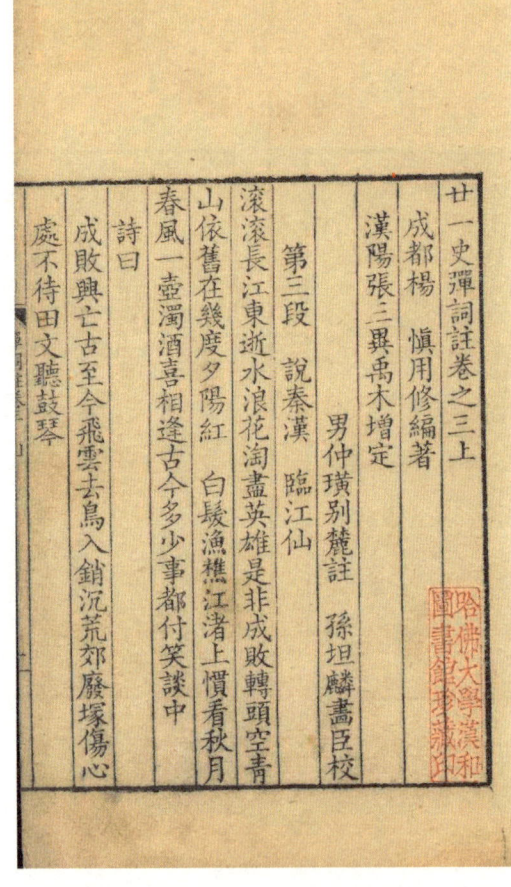

明杨慎编著、清张三异增定、清张仲璜注《廿一史弹词注》
第三段《说秦汉》开场词《临江仙·滚滚长江东逝水》

# 目 录

自　叙……………………………………001

建安二十六年
　　——刘备、诸葛亮、庞统、法正，蜀汉建国
　　　时间与事件………………………001
秋风五丈原
　　——诸葛亮北伐叙事讨论……………036
代汉·祀汉·去汉
　　——魏蜀吴的国家构想及叙事话语………068

空城计札记……………………………102
伏甲设馔，掷杯为号……………………122
"丈八蛇矛"及其他……………………147
语词三国………………………………170

三国戏蜀汉叙事种种
　　——以杂剧、传奇为对象……………189

乱世·衣冠·风流
　　——兼说《世说新语》的人物观…………208
木犹如此,人何以堪
　　——桓温其人及《晋书·桓温传》之叙事学……231

# 附　录

时间、地理及三国史架构
　　——《三国志》阅读笔记…………251

基本文献………………………………288

# 自　叙

汉末三国，三国魏晋，历史折叠之处窝藏许多让人感兴趣的故事。我不是历史学者，因为研究《三国演义》这类"讲史小说"，不能不考索其中的历史情景。从文学叙事进入历史叙事，不是寻索所谓史实或真相，而是据以叙事角度比较历史文本与文学文本，对二者异同之处加以辨析和领会，进而理解各自表述的旨趣。

三国是一个短促的历史过程，但环视其前后，所谓"分久必合，合久必分"的周期率廓然而现。从汉末诸镇纷争乱局演化为三国鼎峙，再到三国归晋，旋而八王之乱，然后是晋与十六国的长期割据。兵戎相见不仅为争夺土地与人口,亦是政治伦理的冲突。分合之际,天翻地覆,总是以血流漂杵方式宣示帷幄中的意志与谋略。这一切故事构成了一种巨大的文化存在,而历史的氤氲之处或是更容易打开想象的空间;倾聆史官和文人的兴废之叹,不同的声音里传递着不同的思维或理念。

将历史文本与文学文本参稽互证,不是什么新方法,从前就有考据本事的家数。从虚构文本中寻绎真人真事,即所谓"知人论世"。八卦钩沉,掺入几分揣想,又成索隐一派。尤其做《儒林外史》《红楼梦》研究,很多是这种套路。有人将考证本事视如西方文论所谓"原型批评",其实不然,"原型"一般涉及神话隐喻,乃借以论证某些文学母题的本义及衍变,而不是将大观园内斗说成明珠、索额图的故事。不消说,这种寻绎本事的人肉手法也常用到《三国演义》研究,过去做曹操翻案文章,就是拿史著材料颠覆文学叙事,总以史家叙事为第一义。可在我看来,每一种文本自有其话语支撑,不妨研究各自表达的意义。

既然作为"讲史",小说有它自己的讲法,哪怕是拧着讲,自有它拧着讲的道理。其实,历史在国人

## 自 叙

心灵之中从来就是带有情感的叙事与想象,而史家记述未必没有想象或情感因素。但可以设想,如果没有小说戏曲和宋元说话的三国,那个前后不过一百年的历史过程,不见得让人们产生那么大的兴趣。

三国研究对我个人来说,几乎是一个怀旧的话题。四十年前,做大学毕业论文时,选择的题目就是讨论《三国演义》的曹操形象。当时那篇论文有幸被《文学评论》(1982年第4期)以头条刊发,对于一个刚从本科毕业的年轻人自是很大的激励,之后又作了一篇阐释《水浒传》主题思维的文章,也发表在那家刊物。二十世纪八十年代初,学术风气以回归本体为要旨,我自然迷于成长性的文学创造,很快被当时风起云涌的新时期文学所吸引,并没有将三国、水浒作为自己的功课继续专研。直到本世纪之初,才又回头探究《三国演义》和几部古典小说,这时思路已向历史文化和政治伦理几方面拓开。近年出版的《老读三国》(生活·读书·新知三联书店2016年版)、《三国如何演义:三国的历史叙事与文学叙事》(生活·读书·新知三联书店2019年版)、《水浒十讲》(文汇出版社2020年版）三部拙著，就是这一阶段的研究成果。可是，写完三国那两本书，尚有若干讨论未尽的话题一直萦绕于心，亦逐渐形成一些新的思路，这便是收入本书的十一篇文章的写作缘起。

这些篇什都是最近两三年所作。与前面两书不同，这里主要探讨三国建政的政治伦理和历史机缘，尤其从蜀汉的角度去解析那种历史活动的合法性叙事。同样是梳理史家与小说家各自的叙事策略，更有意识地去解读这些故事作为一种文化存在的历史含义。

我一直思考的一个问题是，作为"讲史小说"的《三国演义》为什么会是一种反历史叙事——三国之中最羸弱也最早出局的蜀汉，何以成为叙事主体，又怎样被注入担当正义的精神内涵？其实，从小说叙述的各个节点来看，故事并没有背离《三国志》给定的历史框架，人谓"七实三虚"，可谓不虚；可是陈寿的叙史法则明明以曹魏为正统，到了小说、戏曲里偏生变成蜀汉的光荣叙事，这不能不让人掩卷深思。此中的反转不仅在于文学手段，亦可体会到，沉淀于民俗

## 自　叙

风习之中的历史感受更是重要因素。一种文化存在固然有其事实依据，但潜藏的情感和伦理意图不啻引导叙事方向的舵盘。

文学存在的理由不在于是否合乎历史真相，只是历史以史著记载而存在，而文学的要旨在于如何演义。史家叙事跟小说家叙事自然各有其旨，对照各自的叙事话语方式，找寻各自表述中所传递的历史消息，可以体会由叙述建构的某种想象和情感。就三国而言，从叙事角度比较历史文本与文学文本，是一桩有趣的事情。如果不是专门做历史研究，这里不需要你考证什么历史真相。其实，真相是一种讲述历史的话语方式。三国乃或魏晋的故事告诉你，文学的叙史方式实是国人的一种心灵史。

本书关于某些制度、名物考证，以及对三国戏曲和民间传述性语词的探讨，对我自己来说是作为拓展研究视野的若干路径，其实亦是寻绎印证心灵的某种话语方式。书中有一篇说的是魏晋乱局中的衣冠风流，以《世说新语》为例阐明书写方式的重要性。《世说新语》虽被鲁迅视作"名士教科书"，毕竟是最早摆脱观念写作而着眼于人格形态的叙事作品，率先确立性格多样性和复杂性的审美意识,故鲁迅亦称"虽不过丛残小语,而俱为人间言动"。但实际上,这部笔记小说亦被视为一种杂史,因为书中大量记述汉末三国两晋士族上层人物,往往为史家引为故实。聚焦于个性与人格,大抵不以治乱之道为旨要,这跟历史叙事有着本质区别。虽说不是有意识地作小说,却是有意识地写人,这是我特别注意的地方。史家常以"魏晋"作为三国两晋之简称,不过这语词本身往往传递着士族人物的丰采与情态,不像"三国"一词更多囿于史家建构的国家话语。当然,历史书写的旨趣与风格亦因时而变,南朝史家显然更注重人物本身。本书正文最后一篇是写东晋著名人物桓温,所用材料除《世说新语》一书,皆取自正史,可见其性格丰富性远超《三国志》里边的人物。

书末作为附录的一篇,是《三国志》阅读笔记,其中包括关于三国史的一些知识性概述和我自己读史的心得体会,以供有兴趣的读者参考。

有幸的是,本书各篇写作时得到众多朋友的鼓励和支持,尤其是《读书》杂志卫纯先生,《书城》杂志

## 自　叙

顾红梅、齐晓鸽女士，《中华读书报》赵晋华女士，还有未曾谋面的贵州朋友李晁先生，在此一并致谢。陈平原兄拨冗为拙著题签，自有蓬荜生辉之感。

感谢北京出版集团罗晓荷女士，文津出版社编辑侯天保先生，他们耗费许多心力，使本书得以与读者见面。书中若有错谬或不当之处，责任自然在我，希望读者不吝批评指正。

李庆西

2022年3月21日

汉献帝像

# 建安二十六年

——刘备、诸葛亮、庞统、法正,蜀汉建国时间与事件

建安二十六年是一个不存在的年号,却明确载入一份历史文献,见于《三国志·蜀志·先主传》。刘备登基之日,祭告天地曰:

> 惟建安二十六年四月丙午,皇帝[刘]备敢用玄牡,昭告皇天上帝、后土神祇。汉有天下,历数无疆。曩者王莽篡盗,光武皇帝震怒致诛,社稷复存。今曹操阻兵安忍,戮杀主后,滔天泯夏,罔顾天显。操子丕,载其凶逆,窃居神器。群臣将士,以为社稷堕废,备宜修之,嗣武

二祖,龚行天罚。备惟否德,惧忝帝位。询于庶民,外及蛮夷君长,佥曰:"天命不可以不答,祖业不可以久替,四海不可以无主。"率土式望,在备一人。备畏天明命,又惧汉阼将湮于地,谨择元日,与百寮登坛,受皇帝玺绶。修燔瘗,告类于天神,惟神飨祚于汉家,永绥四海!

"玄牡"是作为祭物的黑色公牛,《三国演义》第一回写桃园结义就用到此物,俗称作乌牛。刘关张结义是文学虚构,但不妨作为一个假定的历史起点,想象中江山社稷应该来自这种歃血叙事。

汉献帝的建安年号至二十五年（220）已然终结。是岁正月,曹操薨,曹丕即魏王。三月,曹丕改元延康。十月,献帝禅位,曹丕做了皇帝,魏国年号为黄初元年。故万斯同《三国大事年表》将此定为三国之开端。第二年蜀汉建国,刘备升坛祭天之日,自然不能以曹魏年号为标识,也不用曹氏改元的延康,便沿用献帝的建安年号,于是这个不存在的二十六年就成了刘备"祚于汉家"的时间节点。这一年是蜀汉章武元年（221）。

建安二十六年

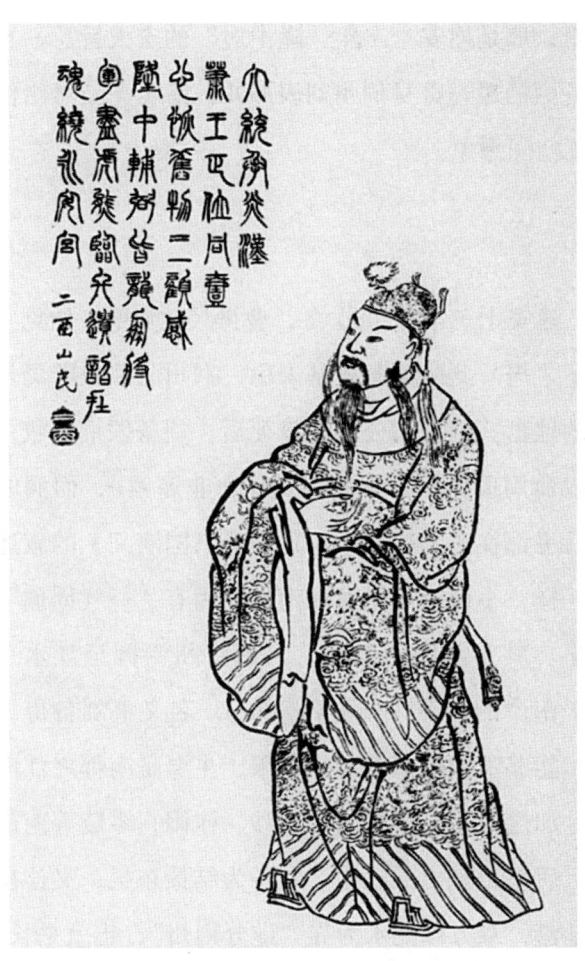

汉昭烈帝刘备像（明王圻《三才图会》）

## 建安二十六年

刘备立国之由，可追溯到诸葛亮"跨有荆益"的构想，那是建安十二年"隆中对"的宏大旨意，当时刘备栖栖遑遑寄身荆州刘表那儿，诸葛亮陡然给他打开了空间想象。

一

建安十三年（208）冬，曹操兵败赤壁，始见三分天下之局。此际刘备根基未稳，荆州北部数郡仍是曹操的地盘。刘表大公子刘琦死后，刘备领荆州牧，但孙权命周瑜为南郡太守（实任而非遥领），而洞庭以东几乎都在东吴控制中。这跟《三国演义》的叙述不大一样，小说里赵子龙取南郡，因有"一气周瑜"的故事。其实刘备很憋屈，只能将州治挪至江水（长江）南岸的油江口（更名公安）。名义上刘备得了荆州，能够掌控的范围却很有限，主要是南郡之江南部分，加之战后所占武陵、长沙、桂阳、零陵等南部四郡。后来曹魏出兵汉中，刘备为结援东吴，又让出一半地盘，双方以湘水为界"遂分荆州"，也就是长沙、江夏、桂阳以东归孙权，南郡、零陵、武陵以西属刘备（详《吴志·吴主传》建安十九年）。

建安二十六年

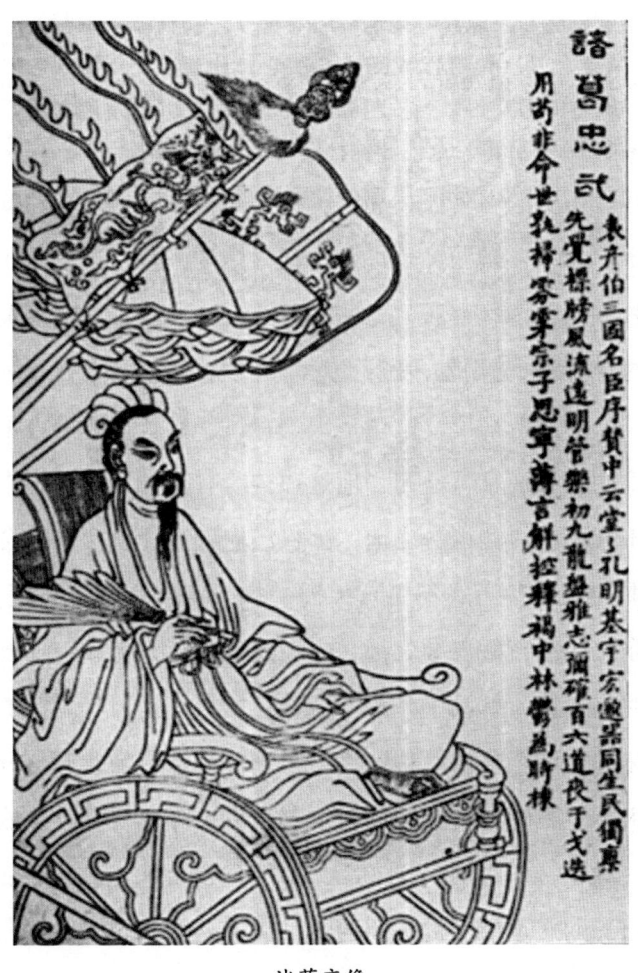

诸葛亮像

换个角度看,战后的局面不妨说是三分荆州。处于东吴与曹魏挤压之中,刘备处境依然艰难,诸葛亮"隆中对"提出的"跨有荆益"的战略构想须尽快付诸行动才是。刘皇叔要复兴汉业,须有更大的生存空间。历史的书写往往提供了榫卯对接的机遇——建安十六年,曹操派钟繇进剿占据汉中的张鲁,这让益州牧刘璋"内怀恐惧",便采用张松之策,请刘备入蜀讨伐张鲁(《蜀志·先主传》)。

对刘备来说,这正是天赐良机。倘若让曹操占了汉中,继而拿下益州,他这边"跨有荆益"的设想岂不成了画饼之谈。之前,孙权已向刘备提出两家联合取蜀,刘备当然不愿东吴插一杠子,自是坚辞回拒。东吴久已觊觎巴蜀之地,早在建安五年,鲁肃与孙权对榻而谈,擘画了一幅"竟长江所极,据而有之"的拓疆宏图。鲁肃原初的设想是划江而治,与曹氏二分天下。尽管刘备拒绝联合取蜀之议,孙权还是派孙瑜(孙权从弟)率水军进驻夏口,打算溯江而上。但通往巴蜀的水道要经过荆州西部,无奈这西进路线就卡在刘备手里——"使关羽屯江陵,张飞屯秭归,诸葛亮据南郡,[刘]备自住潺陵"。孙权无奈,暂且搁下取蜀之念（《蜀志·先主传》裴注引《献帝春秋》）。

到这会儿，汉末诸镇只剩益州尚未陷入董卓死后的兼并战争，曹孙刘三方都盯着这最后一块肥肉。不过，曹操眼前还有麻烦事儿，马超、韩遂诸部盘踞关中已构成威胁，派遣钟繇讨张鲁只是虚晃一枪。胡三省《通鉴》注称之"伐虢取虞之计也"，有谓"盖欲讨超、遂而无名，先张讨鲁之势，以速其反，然后加兵耳"。军入关中，西凉诸部果然俱反。曹军陷入渭水恶战，不遑进讨汉中。

汉中的张鲁实是刘璋的肘腋之患，此际双方已剑拔弩张。汉中地处益州东北部，东邻荆州，北边与雍州接壤，从长安通往益州的官道必经此郡地界。张鲁以五斗米道集合信众，盘踞汉中多年。过去刘璋老爸刘焉保州自守，对张鲁实行绥靖政策，纵容其"断绝谷阁，杀害汉使"，又封为"督义司马"（《蜀志·刘焉传》），以致米贼愈益骄恣而嚣张。到刘璋这时，张鲁已是完全不听招呼。刘璋一怒之下杀了他老母一家。事情闹大了，刘璋这"牧二代"对付不了张鲁，又怕曹操插足其间。

其实，之前刘璋多次遣使"致敬于曹公"（《蜀志·刘二牧传》)。原本大概想请曹操帮他搞定米贼。他派张松去见曹操,人家正忙着追歼刘备,又逢赤壁战败(按陈寿说法是"军不利"),无暇搭理这位使者。结果张松回来"疵毁曹公",劝刘璋断了依傍曹操的念头。不过,陈寿这段叙述有些混乱,将张松出使之事扯到建安十三年之前,从刘备襄阳大撤退直到赤壁大战之后,好像张松一直羁旅曹营,等着听信儿。这说法有些不靠谱。传中又说曹操征荆州之前"已定汉中",亦明显有误。张松在曹操那儿受冷落不假,裴注引习凿齿《汉晋春秋》亦作此说,这是他转而交通刘备的根由。

张松的恚忿在《三国演义》中有淋漓尽致的刻画,小说综核诸史,描述张松转而往荆州访刘备,献西川地图,又与法正、孟达密谋引刘备入蜀……这一系列情节丝丝入扣,相比史家叙事,小说家这儿显得清晰而合理。当然,不全是张松的个人意气,他和法正等人之所以暗投刘备,小说大抵归结为"良禽择木而栖"的动机,或曰弃暗投明,或曰士为知己者死。当然,这也是烘托刘备的政治正确和人格感召力的手法。不过,在陈寿笔下,同样是无间道的戏码,却完全是利益驱动。《先主传》称"前后赂遗以巨亿计",刘备在这两人身上花了大价钱,所以他俩不遗余力游说刘璋。传中又谓刘璋派法正带领四千人去接刘备入境,而法正得了刘备的好处,便是"因陈益州可取之策"。

曹操没来,刘备来了。这是建安十六年(211)。

二

《蜀志·先主传》谓:"先主留诸葛亮、关羽等据荆州,将步卒数万人入益州。"虽说"跨有荆益"是诸葛亮早已拟定的战略规划,但借此机会拿下益州却是庞统的建议(见庞传裴注引《九州春秋》),刘备碍于刘璋同为宗室之裔,本不欲"以小故而失信义者于天下者",听庞统亟言"五霸之事,逆取顺守"云云,思前想后只得痛下决心。所以,这回将诸葛亮留在荆州,带上庞统作为军师。

刘备入蜀,乃沿江水溯流而西。《刘二牧传》载述:"先主至江州北,由垫江水诣涪。"江州即今之重庆嘉陵江北岸,由此进入江水支流垫江(今称嘉陵江),向西北至涪关(今四川绵阳市东)。刘璋率三万人马从成都赶到涪关,来为刘备接风。传谓宾主"欢

建安二十六年

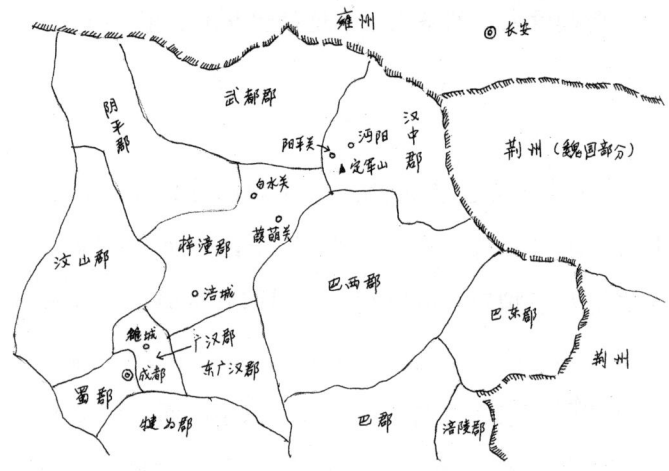

益州北部（成都以北）示意图

建安二十六年

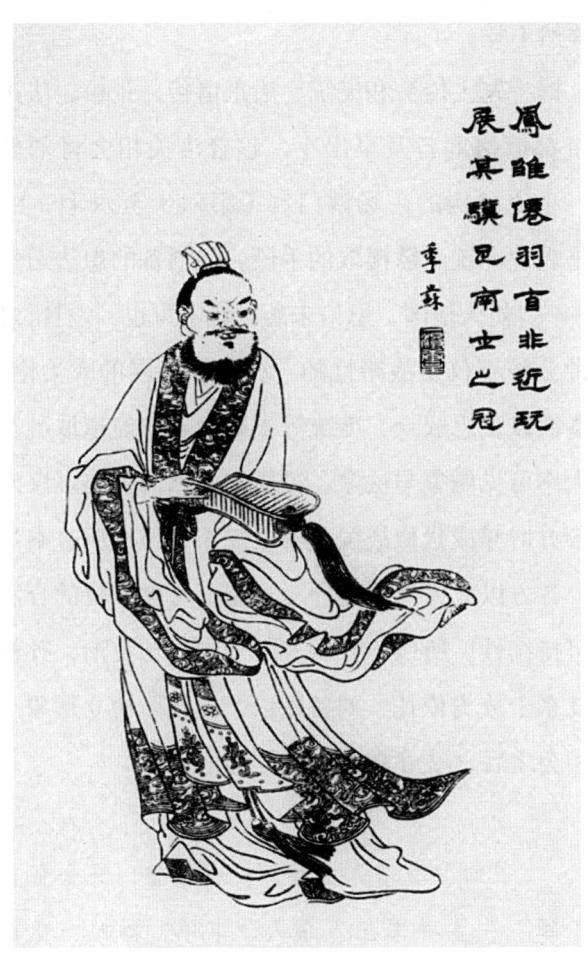

庞统像

饮百余日",那鱼水欢娱的场面背后杀机重重,刘璋竟浑然不觉。

据《先主传》和庞统、法正诸传,张松、法正和庞统都撺掇刘备及早出手,趁着涪关相会将刘璋拿下。小说虚构的一场鸿门宴(第六十至六十一回),正是表现庞统亟欲攫取的手段。但刘备的想法迥然不同——"初入他国,恩信未著,此不可也。"君臣之间这种分歧不仅是战略性的,亦出于不同的政治伦理。刘备欲以仁恩驭众,庞统等人则想着以诡道取胜。此中大率可见儒家与法家、纵横家的不同套路。汉末三国各方博弈或犹似战国七雄之绞杀,但经历过秦汉之局,各方以武力攫取之外,不能不考虑政权的合法性和可持续性。所以,曹操着眼于制度与吏治,孙权笼络江东士族为依托,刘备则以"仁政"树立形象。涪关相会之后,《先主传》有这样的记述:

> [刘]璋增先主兵,使击张鲁,又令督白水军。先主并军三万余人,车甲、器械、资货甚盛。是岁,璋还成都,先主北到葭萌,未即讨鲁,厚树恩德,以收众心。

这里所说"并军",指刘璋将自己带来的三万步骑并入刘备的军队。刘璋还让戍守白水关(今四川青川县境内)的部队归刘备节制。除此,又送上大量粮草军资。按《刘二牧传》裴注引韦曜《吴书》之说:"璋以米二十万斛,骑千匹,车千乘,缯絮锦帛,以资送刘备。"这时节彼此好得像穿一条裤子。陈寿未细述刘备如何"厚树恩德",如何以亲民举措笼络蜀中百姓,但有一点很明确,刘备挥师向北,只到葭萌关(在白水关东南方向,今四川广元市境内)就收住了。葭萌关是通往汉中的必经之路,刘备屯兵于此,却未向汉中进发,大约滞留一年之久。其实,刘备此际正是荷戟而彷徨。

此番本意自然不是打张鲁,却也不便翻脸就去打刘璋。这时庞统献策,庞传叙其有上中下三计:上计谓"阴选精兵,昼夜兼道,径袭成都"(不用大部队是考虑到刘璋"既不武,又素无预备",庞统认为采用小股精兵偷袭必能奏效);中计是设套擒杀白水关守将杨怀、高沛,"进取其兵,乃向成都"(这是大部队推进战法,但先要解决白水二将,以绝后顾之忧);下计乃"退还白帝,连引荆州,徐还图之"(退到白帝城等于放弃，此计乃逼刘备取成都）。庞统还警告说："若沉吟不去，将致大困，不可久矣！"

刘备沉吟之际，自是碍于所谓信义与道义。如何将同室操戈、鸠占鹊巢的故事演绎为一种正义叙事，实是一大难题。要迈过这道坎儿，须诉诸更高的政治伦理原则，那就是《三国演义》一再强调的"匡扶汉室"之大义。小说陈述的这个大目标确立了三国历史叙事的终极伦理，即目标之崇高自可兼容手段之卑劣。但陈寿的叙事中对此却不无质疑，如斩杀杨怀、高沛之后，刘备于涪关"置酒作乐"，《庞统传》有这样一个对话场景：

[刘备]谓[庞]统曰："今日之会，可谓乐矣。"统曰："伐人之国，而以为欢，非仁者之兵也！"先主醉，怒曰："武王伐纣，前歌后舞，非仁者邪？卿言不当，宜速起出！"于是统逡巡引退。先主寻悔，请还。统复故位，初不顾谢，饮食自若。先主谓曰："向者之论，阿谁为失？"统对曰："君臣俱失。"先主大笑，宴乐如初。

庞统一句"非仁者之兵"的揶揄，无疑戳到刘备痛处，其辩为"武王伐纣"，正是后来小说家引申的政治大义。但刘备说到底未能免除仁与不仁的道义挂碍，待要追问"阿谁为失"，庞统检讨"君臣俱失"，是说不该哪壶不开提哪壶。在陈寿看来，这不是一个可以讨论的话题。然而，这样的历史书写本身即表达了一种疑问。

陈寿撰史虽说不以刘备的大目标建构合法性叙事，却亦把握着运化机杼。时间与事件，悬置和延宕，都恰到好处，适时引入某个契机，提供某种对称性解决方案。终于，张松暗通刘备之事被其兄张肃告发，让刘璋收斩。这一来，宗室兄弟的蜜月期即告结束，如《先主传》所称"嫌隙始构矣"。继而，刘璋敕令关戍诸将"文书勿复关通先主"，实际上已将刘备视为异己。到头来是刘璋先变脸，刘备成了后发制人。

刘备采纳了庞统所谓中计，除掉白水关杨怀、高沛，转身南下取成都。据赵一清《三国志补注》所引史料，刘备是以设鸿门宴方式拿下这白水二将（《太平御览》卷三百四十六引《零陵先贤传》），其情形

# 建安二十六年

庞统献策取西川（《三国演义》清初大魁堂本插图）

可参见本书《伏甲设馔，掷杯为号》一篇，这里不多说。值得注意的是，《三国演义》将这场鸿门宴改写为杨怀、高沛"各藏利刃"谋刺刘备的饭局，只是被庞统识破，才当场拿下（第六十二回）。本来由"嫌隙"演变为杀局，怎么说他刘备也做得过分，但小说为维护先主仁厚形象，将主客双方挪了个位置，这就变成了"你不仁，我才不义"的叙事路径。

据《先主传》所述，刘备南下一路势如破竹，却被阻于成都北边的雒县（今四川广汉市北）。雒县，又作雒城，按如今公路里程距成都仅五十多公里。刘璋的长子刘循在此守城（小说中主要是刘璝、冷苞、张任、邓贤四将的戏码），有谓"被攻且一年"，可想围攻雒县的战事艰难而惨烈。庞统就是率众攻城时中流矢而亡，小说写在落凤坡死于乱箭之下，自是虚构手法。小说中庞统死后，刘备唤诸葛亮入蜀，看《先主传》则在围雒之前——"诸葛亮、张飞、赵云等将兵溯流定白帝、江州、江阳，惟关羽留镇荆州。"这时刘备已下决心"毕其功于一役"，非拿下益州不可。

刘备于建安十六年入蜀，十七年滞留于葭萌关，

建安二十六年

戏出年画《取成都》(天津杨柳青)

十八年围雒县,十九年取成都,这盘棋前后整整三年。然而,刘备拿到的益州尚缺好大一块,汉中还在张鲁手里。

三

建安二十年,曹操亲征张鲁,"大破之"(《魏志·武帝纪》),张鲁"乃奔南山入巴中"(《张鲁传》)。曹操平定汉中,派人招抚张鲁,又降巴东、巴西二郡。

小说第六十七回写讨鲁之役,叙事颇精彩,如庞德力战张郃、夏侯渊、徐晃、许褚四将,尽显神勇,又因曹操反间计被张鲁抛弃等等,尽是小说家结撰。但有一事所言不虚,就是拿下汉中后,司马懿建言火速进兵西川,趁刘备立足未稳攻取益州。但曹操不听,挖苦说:"人苦不知足,既得陇复望蜀耶?"这段八卦实有史家记载,见于《晋书·宣帝纪》。曹操征汉中原本是有取蜀之想,因掾属刘廙上疏劝阻,以为刘备此际"虽弱必固",重兵出击未必奏效,不如待其"自溃"再做打算(见《魏志·刘廙传》)。

也许正如司马懿所言,若趁势进讨蜀中,足以改

# 建安二十六年

曹操汉中破张鲁（《三国演义》清初大魁堂本插图）

变整个局面。当然，历史进程不能作此假设。只是从力量对比看，曹操能轻易拿下汉中，刘备当时却没有这个实力。事实上，刘备占领成都四年之后才搞定汉中。时移势易，刘备取蜀后又经数载休整，实力大增，这回的对手虽说远比张鲁强悍，却也不足为惧。

关于汉中之战，《先主传》所述如下：

> ［建安］二十三年，先主率诸将进兵汉中，分遣将军吴兰、雷同等人入武都，皆为曹公所没。先主次于阳平关，与［夏侯］渊、［张］郃等相拒。
>
> 二十四年春，自阳平关南渡沔水，缘山稍前，于定军兴势作营。渊将兵来争其地，先主命黄忠乘高鼓噪攻之，大破渊军，斩渊及曹公所署益州刺史赵颙等。曹公自长安举众南征，先主遥策之曰："曹公虽来，无能为也，我必有汉川矣！"及曹公至，先主敛众拒险，终不交锋，积月不拔，亡者日多。夏，曹公果引军还，先主遂有汉中。

纵观刘备鞍马一生，汉中之战是他最精彩的手笔。虽说赤壁之战刘备亦是赢家，但那场战役主导方是东吴，况且更有诸葛亮为之擘画。这回刘先主亲临前线指挥，先是大破夏侯渊，后又拒险坚守，终而逼退曹操。小说第七十回至七十二回，从张飞与张郃对阵严渠寨（史书作"宕渠"），到黄忠计夺天荡山，定军山斩夏侯渊，再到曹操进退维谷的"鸡肋"之念，其中虚构情节自是不少，但主要环节并未偏离史书记述。

建安二十四年，刘备拿下汉中。是年秋，自封汉中王，即于定军山左近沔阳（今陕西勉县）设坛升位。在上表献帝的文告中，刘备回顾早年与董承等"图谋讨操"的失败经历，仍痛惜不已，又举述曹操"穷凶极逆"的罪状，重申"扑讨凶逆，以宁社稷"之志。《先主传》载录的这篇文告不能视为一般官样文章，此与传为诸葛亮《后出师表》"先帝虑汉贼不两立，王业不偏安"之说，实为建构国家意识形态的重要纲领，其关键是以社稷大义统率一切，将士者之仁义、道义纳入政治正确的轨道。后来《三国演义》演绎的一整套"忠勇节义"的价值体系，即由此而阐发。

建安二十五年,曹丕受禅,魏国始立。之后,蜀、吴相继建国。献帝既废(且有传闻被害),给刘备提供了承祧汉室的机会,刘备于次年四月在成都即皇帝位,自称"祚于汉家"。这是申明其建国的合法性。不过,孙权迟至九年之后(黄龙元年,229)才做皇帝。曹魏是代汉,蜀汉是祚汉,东吴则去汉而立。《吴主传》裴注引《吴录》载孙权祭天文告有谓"天意已去于汉,汉氏已绝祀于天",称孙权是承命"天意"而登基。至此,三分天下以国家政体形式而确立。

从刘备入蜀到建国,整整十年。在小说里,这段叙事前后跨越二十一个章回(第六十回至八十回),其间穿插关羽单刀会、水淹七军至败走麦城等几桩大事,曹操弑伏后及讨张鲁,东吴与曹魏的几次交战,还有曹操身亡及曹丕篡汉,等等。

### 四

马上得之天下,不能以马上治之。当初陆贾告诉刘邦,逆取顺守,文武并用,才是治国平天下之道。

建安二十六年

刘备进位汉中王（《三国演义》清初大魁堂本插图）

建安二十六年

法正像

起初庞统跟刘备说过逆取顺守的道理，拿下益州后则是法正教他如何用人。承祧汉室的刘先主虽说"不甚乐读书"，却颇为看重书生。

确实，按陈寿说法，刘备"盖有高祖之风"，只是"机权干略，不逮魏武，是以基宇亦狭"（《先主传》评曰）。在陈寿看来，对于这类影响历史的大人物来说，政治操守不重要，怎么做都是"机权干略"，谋略与手段而已。不过，刘备的执政方针跟曹操就是不一样，他要施仁政，便着眼于风俗、人心与教化。建安十九年占领成都之后，实行怀柔政策，刘备将刘璋政权的旧班底几乎整个儿接了过来，如许靖、法正、董和、刘巴、黄权、李严、吴壹、费诗、王连、张裔、秦宓、彭羕……这些人在新政权里都有自己的位置，还有许慈、孟光、来敏、尹默等益部学者，甚至收罗了周群、杜琼这类占候家。翌年，曹操破汉中，听说张鲁逃亡巴西，刘备还派遣黄权迎张鲁，未料人家已降曹操。

益州人士中，法正是一个极为重要的人物，自暗中投效以来，直到蜀汉建国之前，一直是刘备最主要的智囊。《蜀志·法正传》举述其评价许靖一例，足以说明他是怎样影响刘备的用人政策和执政理念——

> 十九年，进围成都。[刘]璋蜀郡太守许靖将逾城降，事觉，不果。璋以危亡在近，故不诛靖。璋既稽服，先主以此薄靖，不用也。[法]正说曰："天下有获虚誉而无其实者，许靖是也。然今主公始创大业，天下之人不可户说，靖之浮称，播流四海，若其不礼，天下之人以是谓主公为贱贤也。宜加敬重，以眩远近，追昔燕王之待郭隗。"先主于是乃厚待靖。

按法正之说，许靖有"虚誉"而无其实，但这样的人未必没有用处。法正亟陈必须用许靖的道理。刘备的礼贤下士本来还讲究人格节操之类，听法正如此点拨，便顾不得那些忌讳，即用许靖为长史，以后又为太傅、司徒。用这样一个空心大佬"以眩远近"，可见法正心机之深，亦反映了刘备施政的礼治特点。

从本传看，法正不仅有政治头脑，军事上亦非同一般，既有谋略，亦擅阵前指挥——

## 建安二十六年

　　[建安]二十二年,[法]正说先主曰:"曹操一举而降张鲁,定汉中,不因此势以图巴蜀,而留夏侯渊、张郃屯守,身遽北还,此非其智不逮,而力不足也,必将内有忧逼故耳。今策渊、郃才略,不胜国之将帅,举众往讨,则必可克之。克之日,广农积谷,观衅伺隙,上可以倾覆寇敌,尊奖王室,中可以蚕食雍、凉,广拓境土,下可以固守要害,为持久之计。此盖天以与我,时不可失也。"先主善其策,乃率诸将进兵汉中,正亦从行。

　　二十四年,先主自阳平南渡沔水,缘山稍前,于定军兴势作营。[夏侯]渊将兵来争其地,[法]正曰:"可击矣!"先主命黄忠乘高鼓噪攻之,大破渊军,渊等授首。曹公西征,闻正之策,曰:"吾故知玄德不辨有此,必为人所教也。"

　　汉中之战,法正是谋主。拿下汉中无疑为蜀汉建国奠定了基础,此公可谓居功至伟。刘备一向看好法正,刚入成都时,就让他做了蜀郡太守,蜀郡乃京畿地区,故传云"外统都畿,内为谋主"。及刘备成了汉中王，法正便是尚书令，直入权力中枢。无奈天不假年，刘备称尊之前，法正就死了，怎么死的并无记载，只说卒年四十五岁。在小说中，连法正什么时候死的都未做交代，只是第七十九回从孟达口中道出，好像是一个无足轻重的小角色。

之前，庞统也是英年早逝，庞与法两人是蜀汉立国最大功臣。按说还有诸葛亮不是？说到这里想起差点被遗忘的诸葛亮。可是刘备入蜀以来，诸葛亮几乎不在史家视线之中。

据《蜀志·诸葛亮传》，建安十六年以后这十年中，前期诸葛亮与关羽留守荆州，入蜀后的军事活动只是两句话带过，一曰"与张飞、赵云等率众溯江分定郡县"，一曰"与先主共围成都"，没有什么实际内容需要展开。至于《三国演义》所述"诸葛亮智取汉中"那些事，实为小说家虚构。刘备讨汉中时，诸葛亮并未随同前行，本传说得很明白，"先主外出，[诸葛]亮常镇守成都，足食足兵"。留守成都的诸葛亮自然有一大堆日常政务，还要负责给前方输送给养和补充兵源，但人们眼里的诸葛亮并不只是这样一种劬劳勤政的台阁大吏。他的智者形象，他作为刘备的股肱之臣的地位，不经意间已被法正取代。

诸葛亮毕竟是更有头脑的智者，好像不在乎法正夺了他的风头。《法正传》说，"诸葛亮与［法］正虽好尚不同，以公义相取"。据史家记述，二人之间至少相安无事。法正为蜀郡太守时，颇为骄横，有谓"一飡之德，睚眦之怨，无不报复"云云。有人让诸葛亮给刘备递话，以"抑其威福"。诸葛亮对法正自然看得透彻，也许是不愿多管闲事，反正这事情说了也没用，不能对其有所抑制。不过，诸葛亮对此有一番解释，说得很有意思——

> 主公之在公安也（按，指在荆州时），北畏曹公之强，东惮孙权之逼，近则惧孙夫人生变于肘腋之下。当斯之时，进退狼跋。法孝直（按，法正字孝直）为之辅翼，令翻然翱翔，不可复制。如何禁止法正，使不得行其意邪！

他知道是法正让刘备摆脱了"进退狼跋"的处境，现在人家成了主公的心头肉，动不得也。章武二年（222），刘备伐吴不成，败退白帝城，诸葛亮叹曰：

"法孝直若在，则能制主上，令不东行；就复东行，必不倾危矣。"这话说得很严重，刘备到后来只听得进法正的谏言。他掂量过，自己对刘备已经没有那种影响力了。

五

试想，如果法正（还有庞统）能够活到蜀汉建国以后，刘备亦未因东征而殒命，他们之间还能"以公义相取"吗？这种假设自然不能成立，却亦并非毫无意义。问题不在于诸葛亮地位是否安稳，而是"公义"是否继续存在。

刘备以"逆取"而谋事，借"承祧"而立国，其光复汉业的诉求无疑是凝聚部众的路线与纲领，蜀汉之正义叙事即缘于这种向心力。问题是，庞统和法正那套"逆取"天下的智术一旦行于体制内部，极有可能改变帝国叙事的公义色彩。

陈寿《三国志》固然以曹魏为正统，不承认刘备祚汉的合法性，却不得不赞叹蜀汉政治之清明。《先主传》评曰赞赏刘备与诸葛亮之间"诚君臣之至公，古今之盛轨也"，乃基于蜀汉内部少有权斗与背叛的事

## 建安二十六年

实（不能说没有，但相对曹魏和东吴几可忽略不计）。所谓君君臣臣，作为儒家先圣描述的理想政治图景，在蜀汉这边得到近乎完美的体现，读史者往往从中领受某种超越混乱之上的公义或正义精神。《三国演义》改写了陈寿的述史立场，反以蜀汉为正统，除了代入某种情感因素（三国文学叙事自有其美学旨趣，应联系宋元以后中土沦丧的现实悲境，笔者在别处有论述），另一方面，亦是从陈寿的记述中发现了理想的组织形态和礼治范式。其实，无论历史还是文学，按说很难容纳步调一致的纯粹性，但纯粹性偏生具有极大的诱惑。这让人想起与《三国演义》齐名的《水浒传》，亦同样表现了"以公义相取"的纯粹性原则，写梁山泊一百零八人，竟既无内斗亦无背叛，完全是以理想调动情感、整饬人心的叙事策略。

诸葛亮"跨有荆益"构想给刘备立国规划了最初的蓝图，自建安十六年开始，是庞统和法正逐步推进取蜀步骤和建国大业。可是，刘备得了益州，失去了荆州，这一脚跨过来，身后却已崩塌。刘备实现了承祧汉室的正义叙事，却以割舍仁义、信义为手段，暴露了其政治伦理之悖谬。刘备称孤前后，关羽、张飞相继死去，诸葛亮亦在某种程度上被边缘化了。新桃换旧符亦是权力再分配。若法正还在，按诸葛亮的说法，就不会有白帝城托孤一幕了。即使托孤，可想也是托与法正。若法正还在，很难说会有什么事情发生。

历史的吊诡之处恰恰在于冥冥之中的人事安排。庞统遽亡，法正夭折，先帝崩殂，蜀汉只能靠诸葛亮扶持刘禅那个"扶不起的阿斗"。于是君臣之间得以维持一种微妙的平衡，于是汉家嗣息好歹又延续四十余载。不过，这种"承祧"并非顺理成章的承绪，只能理解为争取某种合法性的说辞，古今史家极少将蜀汉计入后汉世系。

刘备以"建安二十六年"这个空白年份宣告登基，虽然可作"祚汉"之说，却未必不是陈寿撰史的曲笔。让蜀汉贴附于一个逝去的王朝，与其认为是完善从"匡扶"到"承祧"的表达，毋宁说打上了某种来由牵强的印记，暗示"祚汉"之虚妄。

有意思的是，《三国演义》记述刘备的登基祭文竟有两个不同的时间标识，嘉靖本按《三国志》作"建安二十六年"，毛本却改为"建安二十五年"——将

建安二十六年

刘备奉为正统的毛宗岗故意让他提前一年登基，不是不知道这有违史实，而是分明意识到这里出现了一个断层，如果让蜀汉奠基于一个不存在的时间（年号），所谓汉家统绪岂不成了虚妄之谈？其实，时间断层本身不是问题，东汉光武中兴之前，隔着王莽新朝，汉家统绪更有十几年间断。问题是，刘秀既得天下，用不着跟谁去争合法性，这与刘备眼前的局面迥然不同。

还有一点需要指出：唯独刘备的登基祭文署有年号，而之前之后称帝的曹丕和孙权的两份祭文均未出现纪年标识。曹丕因献帝禅位而登基，《魏志·文帝纪》仅见献帝册文（乃代汉之合法性所在），但裴注引《献帝传》所录曹丕祭天文告，起首曰"皇帝臣［曹］丕，敢用玄牡，昭告于皇皇后帝"，文中未署年号及月日。不知为什么，《吴志·吴主传》亦未录孙权登基祭文，但据裴注引《吴录》所述，其文告格式与曹丕略同，首句亦作"皇帝臣［孙］权，敢用玄牡，昭告于皇皇后帝"，同样未有年号及月日。东吴在孙权称帝之前已有黄武年号，亦竟未用自己的年号标识登基之年，其时开国之君登基文告不用纪年或是正例。再早，《后汉书·光武帝纪》所载刘秀登基之日"燔燎告天"的祝文，亦未署纪年。

在三国开国皇帝纪传中，《三国志》仅载入刘备登基的祭天文告，不能不说是一种特别的处理方式。

2019年8月26日记

原刊《书城》2019年第11期

# 秋风五丈原

## ——诸葛亮北伐叙事讨论

一

事情说来话长，建安十二年（207）刘备三顾南阳草庐，咨以"当世之事"，诸葛亮给出三步走的计划：先取荆州安身，再取西川建基业，然后可图中原。这是《三国演义》第三十八回所述"隆中对"之概要，原文见于《蜀志·诸葛亮传》。其中亦自勾画日后图谋中原的战略远景，即所谓"待天下有变，则命一上将将荆州之兵以向宛洛，将军身率益州之众以出秦川"云云。

后来的一切并非尽如诸葛亮所愿。由于关羽丢了

秋风五丈原

定三分亮出草庐(《三国演义》清初大魁堂本插图)

### 建安二十六年

荆州，当初"跨有荆益"的宏图大愿已成泡影，而荆州北部自刘表死后一直为曹操掌控。这样，所谓"将荆州之兵以向宛洛"这条路线就被掐断了。不用说，由荆州向中原出击最为便捷，记得关羽水淹七军擒于禁斩庞德那会儿，真叫"威震华夏"，连曹操都慌了神，"议徙许都以避其锐"（《蜀志·关羽传》）。原先北向宛洛西出秦川的设想是双拳出击，形成军事上所谓钳形攻势，可真到了出师伐魏之日，一条胳膊已没了，唯一的选项只剩下秦川这条线。

秦川，即秦岭北麓渭水冲积形成的关中平原，这一狭长地带从宝鸡峡东向长安，迤逦延至潼关。汉王元年（前206），刘邦正是由汉中出故道，暗度陈仓杀回关中，从而成就其帝业。这对刘备可以说是一条借以复制历史的路径，诸葛亮以高祖的荣耀煽起他心中的希望。所以，刘备拿下成都之后，为争夺汉中这块地方下了大功夫（刘璋时期，汉中为张鲁占据，建安二十年落入曹操手里）。京剧《定军山》说的就是刘曹汉中之战，其实早在元杂剧里就有这个题材的剧目，今存无名氏《曹操夜走陈仓路》《阳平关五马破曹》两种即是。

秋风五丈原

戏出年画《定军山》（河北武强）

## 建安二十六年

在益州版图上，汉中据于东北角，几条通往关中的咽喉要道都在这个郡，北边有散关、故道、斜谷穿越秦岭，东边有子午谷插向长安。作为刘邦封汉王时的藩地，汉中自有龙兴之兆，建安二十四年刘备得此即自为汉中王，隔年称帝。但因关羽被东吴所害，未及伐魏却先去伐吴，结果兵败猇亭，殒命白帝城。然而，蜀汉并未因此放弃北伐中原的战略目标，诸葛亮平定南方四郡之后，于建兴五年（227）率军北驻汉中沔阳，吆喝着要跟曹魏开战。

诸葛亮北征之日，已是"隆中对"二十一年之后。从刘备入川算起十有四载，蜀汉建国亦有七八个年头，这应该是蜀汉最强盛的时候。但相比曹魏它依然弱小，蜀汉仅占据汉末十四部州中的益州，而曹魏那边是整个北方，囊括司、兖、豫、青、徐、冀、并、幽、雍、凉等十个州及荆、扬二州之北部。更重要的是，双方人口亦相差悬殊。据早期史料记载，蜀魏人口比例为1:4.7左右。《蜀志·后主传》裴松之注有一个数据，炎兴元年（263）刘禅降魏时，蜀汉人口仅九十四万；又据《郡国志》刘昭注，就在同一年（魏景元四年），魏蜀通计人口五百三十七万。减去蜀方同期数字，魏国人口为四百四十三万。当然，三国时期人口数据是大有争议的问题，王育民、葛剑雄等学者都认为过去史书所载大大低于实际人口数量，盖因计算方法偏差，或是忽略了荫户、屯民和军士等诸多因素（见各自所著《中国人口史》）。可即便如此，二者间人口比例依然具有参考意义。

在冷兵器时代，土地和人口是硬核，诸葛亮决定出师伐魏应该考虑过彼此实力。当然，决定战争胜负还有所谓天时地利人和及其他诸多因素。有关征伐的运筹决策，《孙子兵法》称之"庙筭"（"筭"通"算"，又作"庙算"），三国时期的庙筭早已不是原始的揲蓍方式，须切实掂量值不值得出兵，自己有多少胜算的把握。但看诸葛亮上疏之《出师表》，主要是强调"兴复汉室，还于旧都"之使命，所谓"今天下三分，益州疲弊，此诚危急存亡之秋"，是将现实危机感灌注于战斗理念。翌年冬天，第二次出征所上《后出师表》，尽管真伪难定，以其"汉贼不两立，王业不偏安"之语申明大义，是极富情感与意志的文学性表达。可见诸葛亮决意伐魏完全是出于复兴汉室的政治意识，而非胜券在握。在当日"天下三分"的割据态

建安二十六年

岳飞书《前后出师表》清光绪元年(1875)重摹宋拓本

势下，他明知蜀汉较弱，忧虑以一州之地不能与敌持久，偏偏选择主动进攻，更像是知其不可而为之的慷慨赴义。作为既成事实的历史书写，这似乎本身带有预设的悲剧意味。

二

唯一着眼于军事考量的是《后出师表》里这句话："今贼适疲于西，又务于东，兵法乘劳，此进趋之时也。"诸葛亮逮着了一个天赐良机，一方面关中以西的辽阔地域本身使曹魏军队颇受拖累，另一方面它同时又分兵三路与东吴作战，且于皖南石亭一带遭受重挫。不用说，此际出击是最好的机会，可使曹魏陷入两面作战的窘境。

先看蜀军第一次北征，《蜀志·诸葛亮传》记述始末如下：

> ［建兴］六年春，扬声由斜谷道取郿，使赵云、邓芝为疑军，据箕谷。魏大将军曹真举众拒之。［诸葛］亮身率诸军攻祁山……南安、天水、安定三郡叛魏应亮，关中响震。魏明帝西镇长

安，命张郃拒亮，亮使马谡督诸军在前，与郃战于街亭。谡违亮节度，举动失宜，大为郃所破。亮拔西县千余家，还于汉中。

这段话简要地交代了初出祁山的全过程。诸葛亮命赵云、邓芝在箕谷布置疑兵，佯装由斜谷向郿县进发，自己率大部队出祁山往天水方向出击。这样的部署显得很有章法，箕谷在沔阳东北，对应斜谷方向，可牵扯关中地区的魏兵。然而，有一点让人不解：诸葛亮将主攻方向摆在西边的祁山—天水一线，这大大偏离了"出秦川"的正常路径。如果说北伐旨在收复中原，关中地区自是首先要解决的目标，而陇右诸郡西去长安千里之遥。

倒是魏延提出一个突袭方案，自己带五千人从子午谷直捣长安，诸葛亮率大部队由斜谷杀出（《蜀志·魏延传》裴注引鱼豢《魏略》）。从谭其骧地图上看，由子午谷向北最为近便，以魏延的说法"不过十日可克长安"。但诸葛亮觉得此计"悬危"，不予采用，决意"安从坦道""平取陇右"。过去史家对此多有讨论，只是更多纠缠于魏延方案是否过于冒险，或曰不取魏延之策乃将帅不睦，等等。但关键是，以"出祁山"替代"出秦川"，战略意图完全不是一回事。如果说走子午谷太冒险，为什么不取散关、故道或斜谷？那几处都可直插关中，后来诸葛亮第二次和最后一次北伐，就是由散关和斜谷向北揳入。

《三国演义》亦自提到诸葛亮不用魏延之计，有谓"吾从陇西取平坦大道，依法进兵，何忧不胜？"这番言辞堂而皇之，不啻说魏延满脑子偏门左道。走大道还是走小道？这里已经脱离了军事意义，抽象为正邪之辩，在毛宗岗夹评中更是被解读为是否政治正确——"出师之名既正，出师之路亦取其正。"这就掩去了一个被忽略的问题：进攻路线为什么要甩到西边？诚然，小说的叙事笔法亦模糊了地理方位。这样的模糊处理在小说里比比皆是，如关兴、张苞等攻打南安不下，诸葛亮忽引中军从汉中到来，给人感觉两地近在咫尺。文学描述往往忽略万水千山之跋涉过程，使人并不觉得"出祁山"与"出秦川"有多大区别。

诸葛亮此役的目标显然是在陇右，而非关中。

值得注意的是，其传中"南安、天水、安定三郡

## 建安二十六年

叛魏应亮"这句话,史家这种表述相当含混,并未交代这三个郡是早已被策反,还是蜀军到来而临阵倒戈。如果不是去接应叛魏的三个郡,何必舍近求远?一种可以推测的情况是,诸葛亮已获悉三郡叛魏的密报,此番出兵是去接收地盘,拿下他以为唾手可得的陇右地区。据《魏志·明帝纪》裴注引王沈《魏书》所述朝议一节,明帝"亮贪三郡,知进而不知退"之断,亦可印证由祁山北进之意图。也许本来只是抓住机遇蚕食地盘的边境战争,但历史和文学书写都愿意扯上更为宏大的背景,理所当然地联系到他在《出师表》里慷慨陈述的"北定中原"的总体战意图。

诸葛亮北伐事业前后持续六七年光景,即建兴六年至十二年(228—234),这一过程在《三国演义》中展现为一系列拉锯式的战事,大抵自第九十二回至一百四回。这十三个章回占全书篇幅十分之一强(其中少量情节出离蜀魏战事)。小说叙事自然不同于历史文本,但奇妙的是,它并未改易诸葛亮"出师未捷"的结局,却在总体上给人一种蜀方优胜之感。一方面地理方位的模糊处理使人摸不清诸葛亮的战略意图,而另一方面叙述话语的焦点亦在悄然转移——从

诸葛亮像（明王圻《三才图会》）

汉末豪强割据之争到重扶汉室的政治路线图，愈益凸显其谋略、意志和政治理念。当北伐败局完全显现的时候，依傍家国大义的复兴之梦已被提升到悲剧的崇高境地。

三

不得不说，诸葛亮的初出祁山是失败之役，史书上都这么写的。《蜀志·后主传》提到这次战役就一句话："六年春，亮出攻祁山，不克。"《魏志·明帝纪》叙说稍详："遣大将军曹真都督关右，并进兵。右将军张郃击亮于街亭，大破之。亮败走，三郡平。"

祁山靠近天水郡南端，诸葛亮从祁山向北运动，拿下了中心城镇冀县（天水郡治），但没有史料显示蜀军进入天水西边的南安和北边的安定，马谡率领先头部队占据的街亭是蜀军深入魏境最远之处。街亭在天水、安定之间的广魏郡，蜀军在这里遭遇魏将张郃有力阻击，结果使整个战局发生逆转，起初叛魏的三郡很快被人家收复。

纵观初出祁山这一段，小说与史书叙事实有诸多歧异。譬如，小说里赵云、邓芝一路并非以佯攻姿态在箕谷集结，却是投入正面战场而大显神威，第九十二回回目就是"赵子龙力斩五将，诸葛亮智取三郡"。注意，史书上说是"三郡叛魏"，这里却是"智取三郡"。小说里没让诸葛亮白捡便宜——对方并非主动归降，每一个城池都是用计谋赚得，借此以浓墨重彩表现诸葛亮的谋略叙事，自然亦是蜀方之优胜记略。

失街亭是此役失败的关键，小说里是将责任甩锅给马谡，其实这事情首先在于诸葛亮用人不当。马谡是诸葛亮喜欢的人，作为其高级幕僚，"每引见谈论，自昼达夜"。刘备白帝城托孤时提醒说"马谡言过其实，不可大用"，诸葛亮却不以为然。这次祁山之役，军中皆以为魏延、吴壹等宿将可为先锋，而诸葛亮偏力排众议让马谡统领前军（《蜀志·马谡传》）。事情让马谡搞砸了，诸葛亮自然难辞其咎，但事后上演挥泪斩谡一幕，在小说里营造了相当感人的效果，反倒成为一种严于治军、深于律己的典范。

此役失利，不仅失在街亭，赵云、邓芝在箕谷也吃了败仗。《蜀志·赵云传》谓："［赵］云、［邓］芝兵弱敌强，失利于箕谷，然敛众固守，不至大败。"（亦见《诸葛亮传》及裴注引《汉晋春秋》）看来箕谷一

# 建安二十六年

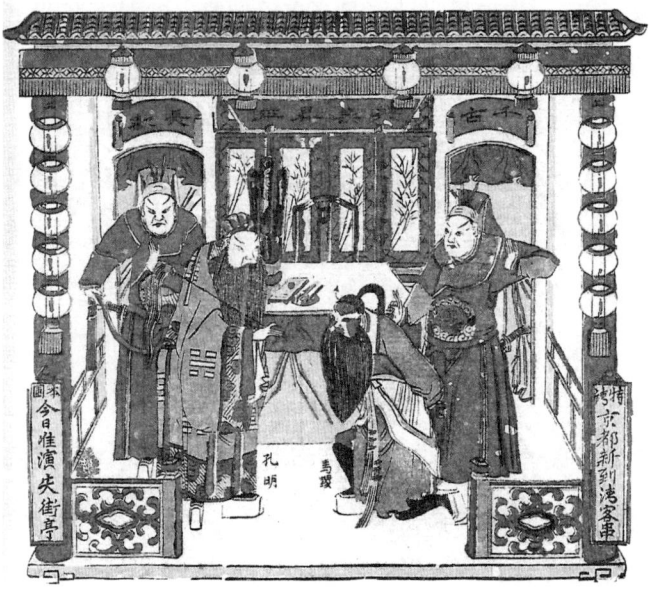

戏出年画《失街亭》（苏州桃花坞）

斜谷方向的佯攻不但未能奏效，反倒引火烧身，使汉中大本营处于危险之中。但小说不这么写，一头一尾皆是赵云的神勇表现，先是进军凤鸣山"力斩五将"，末了又在箕谷掩护蜀军撤退。作为蜀汉五虎中硕果仅存的老将，赵子龙算是得其善终。

避讳和转移都是小说的重要手法，尤其叙事转移。小说叙述初出祁山最费笔墨，整个过程前后延续四个章回（从第九十二回至九十五回），但其中第九十四回竟是两个插入的单元，写诸葛亮破羌兵，又扯入之前司马懿擒孟达，这些故事跟祁山之役都毫不搭界，因而总体上显得零碎和杂乱。其实，这种转移话头的叙述恰是说话人／小说家的绝活儿，如果从头至尾聚焦于蜀魏战事，其蜀胜魏败的叙事逻辑就难以自洽。

试想，如果延续"智取三郡"的辉煌一路说下来，小小的街亭之失岂能影响大局，哪里会有后来被司马懿围堵在西城的困境？在不断虚构蜀军胜绩的同时，需要让整个叙事适时中断，不能让读者过于陶醉其中。跳转场景自是顿挫手法，为接下来的转折调整叙述节奏。接下来"空城计"一幕实在是可圈可点，既是表明战事转向最为糟糕的局面，也成了诸葛亮此役最大的得分亮点。"空城计"这块素材并非见诸正史，而是取自晋人郭冲条述诸葛亮五事之三（见《诸葛亮传》裴注），本身具有极好的文学性，这个段子在《三国演义》层出不穷的谋略活动中也算是格外抢眼，历来为人津津乐道。但"空城计"有一个叙事逻辑的转换作用，就是将无路可走的死棋变成吓退司马懿的活剧，丧事做成喜宴便是虽败犹荣，几乎让人淡忘了诸葛亮无功而返的结局。

当然，诸葛亮此役不能说是毫无收获，收纳了姜维，又从西县"拔"来千余家人口，尚可聊以自慰。姜维的归降与史实相符，却不像小说里叙述的那么复杂，那是因为天水太守马遵把他甩了。小说还有一个虚构的重要关节，就是将魏方的主帅换成了司马懿。起先让夏侯楙出场跑龙套只是根据裴注引《魏略》而来（魏延曰"闻夏侯楙少主婿也，怯而无谋"云云），实际上此役魏方主帅是曹真。《诸葛亮传》谓"魏大将军曹真举众拒之"，《明帝纪》也说"遣大将军曹真都督关右"。其时司马懿尚在宛城，督责荆豫二州军事，《晋书·宣帝纪》说得很明白，同年正月司马懿奔袭

秋风五丈原

天水夸英俊 凉州产异才 系谅南父出
衔奉武侯来 大胆应无惧 雄心誓不回
成都身死日 汉将有馀哀 毅善

姜维像

建安二十六年

開言崇聖典用武若通神三國英雄士四
朝經濟臣屯兵驅韜養子得麒麟諸
葛常稱家能廻天地春

司马懿像

新城擒孟达后，即"振旅还于宛"。小说提前搬出司马懿，将他直接从新城拽到长安，又率二十万大军杀到前线，这是为何来着？很简单，输在曹真手里怕是有些掉份儿。跟诸葛亮演对手戏，须找司马懿这等硬茬儿。

四

对比小说叙事与史实之异同，是认识三国历史进入公众传播／接受过程的一种途径，从叙事话语变化中可以寻绎某些政治伦理和文化心理之来源与衍变。考虑到篇幅关系，对于诸葛亮以后几次伐魏行动，以下不再逐一做对比性提示。

诸葛亮之北伐通常概称"六出祁山"，这是毛宗岗在回评中的归纳。按《三国志》诸传记述，诸葛亮伐魏前后出兵确是六次，不过只有两次是从祁山方向北进，毛氏不辨地理方位，盖以祁山出之。查《诸葛亮传》，见有其中五次，概况如下：

［建兴］六年春……（前已引述，略）

［六年］冬，亮复出散关，围陈仓，曹真拒

### 建安二十六年

之，亮粮尽而还。魏将军王双率骑追亮，亮与战，破之，斩双。

七年，亮遣陈式攻武都、阴平。魏雍州刺史郭淮率众欲击式，亮自出至建威，淮退还，遂平二郡。（按，建威城在祁山以南，未出祁山）

九年，亮复出祁山，以木牛运，粮尽退军。与魏将张郃交战，射杀郃。

十二年春，亮悉大众由斜谷出，以流马运。据武功五丈原，与司马宣王对于渭南。亮每患粮不继，使己志不伸，是以分兵屯田，为久驻之基。耕者杂于渭滨居民之间，而百姓安堵，军无私焉。相持百余日。其年八月，亮疾病，卒于军。

再看《后主传》，同一时期蜀魏间战事所记略同，只是多出建兴八年的记事（不知何故《诸葛亮传》独缺传主这一年的活动）：

八年秋，魏使司马懿由西城、张郃由子午、曹真由斜谷，欲攻汉中。丞相亮待之于城固赤坂。大雨道绝，真等皆还。是岁，魏延破魏雍州刺史郭淮于阳溪。

顺便说一下，引文中的"西城"并非上演"空城计"的西城县，司马懿屯兵的西城在荆州西北部的魏兴郡（按，荆州北部为曹魏控制），而诸葛亮城头抚琴退兵之城则是天水郡的西县。这里提到魏延"破魏雍州刺史于阳溪"一役，亦见《蜀志·魏延传》，是诸葛亮派去"西入羌中"，与魏雍州刺史郭淮等战于阳溪。魏延这次出击很可能是从武都羌道向陇西临洮一带运动（未详阳溪其地），因史载简略，容易被读史者忽略。

合而观之，《蜀志》诸传所记这一期间蜀魏战事一共是七次，其中六次蜀方主动进击，只有一次是魏方分三路来攻（因大雨阻断，亦是无功而返）。蜀汉作为实力较弱的一方，屡屡开启战端，自然可以说是出于某种行为主义的政治意图，是将其政权存在上升为某种政治正义。在当日语境中，蜀汉企图借由刘姓血脉承祧汉室本来似乎具有理论上的合法性，可是面对曹氏通过献帝禅让（当然是被迫禅位）已废汉建魏，

建安二十六年

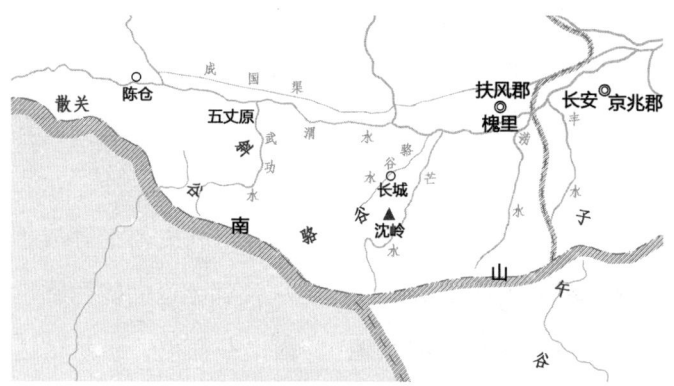

蜀魏边境东段（魏国境内）

诸葛亮如果不能将其"合法性"转化为一种意识形态化的"正义"诉求，所谓"复兴汉室"只能是一场空梦，毕竟改朝换代（无论尧舜禅位还是汤武革命）的既定事实历史早已给出合法性解释。

所以，诸葛亮北伐之庙算，都是家国天下的政治牌局，盖因执着于此，可不惜连年黩武，挑战强大的北方邻国。这种以弱搏强的故事自然具有传奇性和悲剧色彩，亦契合企羡出奇制胜的受众心理，很容易让人代入某种情怀——正义、忠勇、反抗，以及智慧与荣耀，等等。尤其宋元之后，中土沦丧之际，作为重述三国历史的平话、戏文和小说《三国演义》相继出现，刘关张的传奇叙事渐为人耳熟能详，诸葛亮北伐之军事冒险亦愈益写入拯救与复兴之社稷大义。这些都顺理成章，但具体说到上述六次用兵，实难以就其军事意义做出解读。

关键是，很难判断诸葛亮的战略目标究竟在哪个方向。除了建兴六年冬和十二年春这两次分别从东线散关、斜谷出击，其余四次都是在西线做文章，两次出祁山，还有一次是收复祁山以南的武都、阴平，至于魏延大战郭淮那次就更往西边去了。或以为进据祁山是为就地筹集军粮，当时有个说法"若趣祁山，熟麦千顷"（《魏志·邓艾传》），但建兴六年初出是在春天，未到麦熟季节，而三年后复出虽时节不详，却是"以木牛运，粮尽退军"，蜀军并不是靠小说描述的陇上割麦来解决给养问题。如果说前回出师有接应三郡叛魏的意图，后来又胶着于此就让人颇感疑惑。当然，曹魏西线防御相对比较薄弱，或是可以用武之地。对诸葛亮来说重要的是行动，是要闹出动静来。

东线进攻确是十分艰难。建兴六年冬，出散关攻陈仓，大概是对曹魏威胁最大的一次，但对方防守之严让人叹为观止。据鱼豢《魏略》，蜀军轮番采用云梯、冲车、垒土筑台和掘地道诸法，都未能破城，魏将郝昭是见招拆招。双方攻守二十余日后，诸葛亮无计可施，粮尽而退兵（见《明帝纪》裴注）。另据《魏志·曹真传》，在小说中被描述为颟顸之辈的曹真倒是有先见之明，料到诸葛亮"后出必从陈仓"，早已有布防。

诸葛亮再次从东线出击已是六年之后，那是他最后一次进入曹魏地盘。建兴十二年春，出斜谷抵渭水之滨。这回拟作长久之计，在渭南搞屯田，以解决军

秋风五丈原

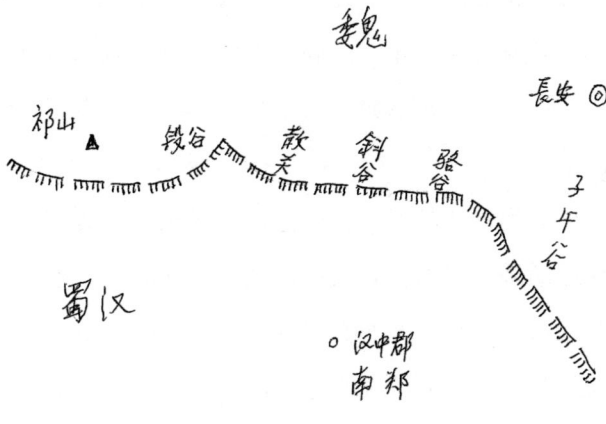

蜀魏边境几处军事要道

粮难以为继的老问题。多年打仗打下来，临末才想起这一招，而司马懿几年前就在陇上屯垦种粮。如《晋书·食货志》太和四年（蜀建兴八年，230），"宣帝（司马懿）表徙冀州农夫五千人佃上邽，兴京兆、天水、南安盐池，以益军实。"又，青龙元年（233），"开成国渠自陈仓至槐里，筑临晋陂，引汧洛溉舄卤之地三千余顷……"司马懿当然不招人喜欢，这事儿不宜宣传。

从春到秋，割了一茬庄稼，却是东线无战事。司马懿这回采取坚壁拒守战术，就跟你耗时间。幸亏小说里还有一场轰轰烈烈的"火烧上方谷"，差点灭了司马懿父子，让人解气又觉遗憾，捶胸顿足之余觉得还是诸葛亮有本事。其实，诸葛亮进据渭南后无意往武功方向东进（武功是通往长安的要津），而是向西转入五丈原，司马懿见此便大胆断言"诸军无事矣"（《晋书·武帝纪》）。双方对峙百余日，到秋八月，诸葛亮卒于军中，一切便戛然而止。

"出师未捷身先死"，可五丈原远未终结诸葛亮神话。元刊《三国志平话》卷下有"秋风五丈原"一节，写诸葛亮病中仗剑禳星，虽说已无力回天，却以悲剧

秋风五丈原

诸葛亮火烧上方谷(《三国演义》清初大魁堂本插图)

的共情制造出一种政治伦理的正义之慨。以后借助《三国演义》，更是将其"六出祁山"演绎成精神优胜的宏大叙事，而其本人也几乎被抬升至半神地位，恰如鲁迅所说"状诸葛之多智而近妖"。

## 五

有一个现象，很少被读史者关注，就是曹魏建国后很少主动进讨蜀、吴两国，至明帝时期一直克制用兵。文帝享祚甚短，未曾大动干戈。黄初三年孙权叛魏，文帝所谓南征只是做做表面文章。明帝在位十三年，对外用兵主要有两次：一是太和二年进兵东吴皖城，再就是太和四年（蜀建兴八年）分三路讨蜀，两次战事持续时间都不长。文帝、明帝的兴趣似乎更多在于兴建宫庙制作礼乐。这一时期，倒是偏弱的蜀、吴两方屡屡挑战实力强大的曹魏。

古代圣贤强调礼乐征伐自天子出，自有一种理想制度，经过秦汉一统天下建立帝国秩序之后，到汉末三国时期又乱套了。曹氏以魏代汉，自家就是朝廷，除了安内攘夷，当务之急是完善礼乐制度。问题是蜀、吴二国并非甘居诸侯或霸府（按，曹丕受禅之初，孙权称藩，两年后即反叛），都以为自己更有资格去平定天下。孟子说："征者，上伐下也，敌国不相征也。"(《孟子·尽心下》，这里"敌国"指地位相垺的诸侯国）诸侯之间打来打去就成了"春秋无义战"。然而，诸葛亮北伐之义就是宣示蜀汉承祧汉室的地位，这就不能定义为"无义战"。伐魏看起来是以弱搏强，但诸葛亮的理念却是"上伐下"，讨伐的是篡汉的叛臣逆子。战争，有时候不一定以获取实利为目的，如果是借以确立某个政治命题，甚至不必以胜负而论。如《后出师表》所谓："然不伐贼，王业亦亡，惟坐待亡，孰与伐之？"其忧虑之中还寄托更多的情感内容。

闻诸葛亮归天，司马懿感慨"天下奇才也"，他在写给弟弟司马孚的信中，对自己的老对手却有一番讥嘲——"志大而不见机，多谋而少决，好兵而无权"（见《晋书·宣帝纪》，此处"权"指权量）。说到如何估量诸葛亮的军事才能，本身或是一种话语迷思。史家不像小说家那样将之视如神性之在，毕竟成王败寇的叙史法则限制了他们的想象。编撰《三国志》的陈寿认为诸葛亮有理政之才而缺乏将略，应该是较为中肯的意见。但换个角度看，国人心目中的诸葛亮却是《三国演义》写的那个人物，正是读者决定了诸葛亮的才能与存在。

从某种意义上说，小说家比陈寿这类史官更能够理解诸葛亮这个人物，或者说更加准确地把握历史活动所能承载的自我效能价值。在三国众多角色中，像诸葛亮这样可以让人作为精神依傍的励志型人物实在是极少（另一个是关羽），人们乐意从他南征北伐的一系列军事活动中寻求精神慰藉，自然由此亦引入某种玉汝于成的悲剧感。小说家将史家记述的屡战屡败改写为屡败屡战，那些刮垢磨光的修辞背后自有难以梳理的心理积淀。

元杂剧里也有王仲文《诸葛亮秋风五丈原》一种，可惜如今仅存残曲【双调·挂玉钩序】一支，那是武侯的弥留之叹。秋风落叶，残灯谯鼓，生命已淡出拥旄出征的辉煌，这又是另一个诸葛亮——

> 越越睡不着，转转添烦恼。我这老病淹淹，秋夜迢迢。抛策杖，独那脚。好业眼难交！心焦。助郁闷，增寂寞，疏剌剌扫闲阶落叶飘，碧荧荧一点残灯照。一更才绝，二鼓初敲。

这动人的曲词里掩去先帝事业和社稷大义，表达了人性的实际感受，"业眼难交"时分，终于回归个体的生命体验。

2020年3月28日记

原刊《书城》2020年第5期

诸葛亮石刻像

## 代汉·祀汉·去汉

——魏蜀吴的国家构想及叙事话语

建安二十五年（改年延康，220），汉献帝禅位，曹丕登祚成为魏文帝。自此，讨伐黄巾以来延绵不止的战乱渐而定格为三国鼎峙格局。献帝去位，实际上给刘备腾出了陟升空间，翌年刘备在成都即皇帝位，承汉立国。东吴孙权起初玩暧昧，先向曹魏称臣，第二年又自立年号，实不甘居藩国地位。在蜀汉立国七年之后，孙权升坛称帝。

按旧时帝王纪年，三国历史应该从魏国建立算起，终结于吴国灭亡，按干支纪年恰在两个庚子年之间（220—280）。然而，至魏延熙二年（晋泰始元年，

265），司马炎以晋代魏，便是下一个朝代肇始——蜀汉已于两年前亡于魏。东吴尚在苟延之中，但看陆抗与羊祜推侨札之好，似亦难以割据为存在。这样说，三国从头到尾只是四十五年（220—265）。

这四十五年或是这六十年，魏蜀吴三国从建立到终结，实际上各有不同的国家构想与话语内容，三方之间的战争乃至不同的建政理念，自是国家话语的各自表述。三者在追逐疆域和帝国集权统治的过程中，或是消耗了自身而走向衰亡，或是培养了自己的掘墓人，"是非成败转头空"，归根结底亦是坠入某种话语迷思。

## 魏：从禅代到禅位

如果不是关羽"大意失荆州"，恐怕不会很快形成魏蜀吴三方掎掣的鼎峙之局。建安二十四年，曹孙两家联手除去关羽这肘腋之患，各自额手称庆。曹操表孙权为骠骑将军、领荆州牧。孙权即"上书称臣，称说天命"，进劝曹操做皇帝。曹操竟不领情，到处跟人说："是儿欲踞吾著炉火上邪！"（《魏志·武帝纪》裴注引《魏略》）按《通鉴》胡三省注，炉火喻指汉之火德（以阴阳五德之说），孙权欲使曹操加其上，自是居心叵测。胡注又谓，曹操是拿这个话头探试众人之心。当时一班曹魏重臣不乏乖巧者，如侍中陈群、尚书桓阶等，都亟劝曹操登皇帝位。但曹操为什么不做皇帝，没有确切解释，也许是想灭了刘、孙再进大位，也许他亦满足这种周公居摄的地位。第二年，曹操就死了，结果是他儿子曹丕做了皇帝。

不过，曹丕践祚的方式稍显特别，不是直接废掉汉献帝，而不嫌其烦走了一道禅代程序。这番过程《文帝纪》未做详述，以献帝册诏宣告逊位，就算交代过去。但裴注引《献帝传》状述其事，连篇累牍皆是新君旧君与诸臣互动的繁文缛节——臣下不断上奏劝进，献帝本人更是一再申明汉祚已终，从虞舜之义说到各地出现之祥瑞，无非说明禅代之事已是天命所归。曹丕则是效仿"泰伯三让天下"的故事，一再辞让，最后才吐出一个"可"字。

走禅代程序，不能完全视为权力转移的一种伪饰形式（汉廷早为曹氏挟制，以魏替汉并未真正发生权力转移）。但汉魏之禅代并不是没有实质意义的表面文章，而恰恰是以这种方式昭示天下，曹氏从刘姓天

代汉·祀汉·去汉

曹操像（明王圻《三才图会》）

子手里接过了汉家江山（虽说实际上并未完整地占有）。这不但是作为一种合法性依据，更重要的是它传递了国家让渡的消息，旨在杜绝刘备、孙权以恢复汉室的名义兴兵作乱，尤其是借以褫夺刘备承祧汉祚的资格。

简单说，中国历史上的改朝换代无非是尧舜禅让与汤武革命两种模式。就实际情况而言，曹丕不具备秦灭六国而统一天下的实力和勇气，以禅代上位必是当日最优选项。这里不能不说到汉末乱局中的一个特点：自讨黄巾以来，虽说天下分崩离析，诸镇大佬中亦不乏有人欲伺机称帝，却并未出现将矛头直接指向朝廷的造反者，各方名义上仍是拥戴一个名义上统一的汉王朝，打成碎片的国土仍是拼成一个国家。所以，以魏替汉的禅代，也就是汉帝将普天之下的王土让渡于这个新的帝国，这里边自然包括曹魏未能实际控制的疆域。

禅让，或许亦可归入霍布斯和卢梭所说的那种"社会契约"。但在中土史官的书写中，譬如司马迁记述五帝时期的政治关系，并没有出现契约另一方的原始主体，王权只是产生于贤能人物自身的道德与才干,故而亦只能在王者之间转手。同样,在《三国志》和裴注所引诸史中,这类契约并不考虑"社会法人"之外的底层士民,所谓"天下大势",只是综合大小军政集团之"公共意志"做出的判断。像孟德斯鸠《罗马盛衰原因论》、鲍桑葵《关于国家的哲学理论》那些著作在关于国家建构的解释中,往往考虑到民众和士卒在整个共同体中的存在——这不能说只是启蒙主义之后的认识,因为他们引述的事况来自诸如恺撒和塔西佗一类文字记载,甚至早在色诺芬《长征记》里就有士兵参与表决的"游动的共和体制"。

尽管历史进程大率投射于帝王叙事,其背后则有多种因素凑集的合力在推动。史载曹丕升坛受禅后,环顾身边的大臣,感慨而道:"舜、禹之事,吾知之矣!"(《文帝纪》裴注引《魏氏春秋》)他有何感悟?此际他想到的当然不会是国家形成的原始契约,但是作为新旧君主之禅代不仅仅是代理人交易,抑或使他领受名义之后的立名之义。

当然,魏国既建,自有旧邦新命之义。曹氏集团由藩府之先军性质转变为"国家",亟须改变战时状态的施政方式,恢复正常秩序,进而打造一个恢宏的

## 建安二十六年

国度。从曹丕承祧魏王后发布的一道政令来看,当时已有重建国家的若干思路,其令曰:

> 轩辕有明台之议,放勋有衢室之问,皆所以广询于下也。百官有司,其务以职尽规谏,将率陈军法,朝士明制度,牧守申政事,缙绅考六艺,吾将兼览焉。(《魏志·文帝纪》延康元年秋七月)

按黄帝和帝尧故事,要求为政者"广询于下",百官各司其职,广开言路,着眼于制度、礼乐、政务建设,这显然是儒家先贤的治国要则。值得注意的是,其中强调"军法"自有针对性,战乱以来军士扰民是一大祸害,散兵游勇更造成社会不安。不仅规束军士,曹丕登基后又严厉打击民间滥用暴力的寻衅滋事,其诏令曰:

> 丧乱以来,兵革未戢,天下之人,互相残杀。今海内初定,敢有私复仇者,皆族之。(《魏志·文帝纪》黄初四年春正月)

曹丕在位不足六年（220—226），检视其事功，主要在内政方面。为数不多的几次用兵是平息内乱和征讨鲜卑轲比能之类，重点在于安内攘夷，而不是与蜀、吴争夺地盘。其后明帝曹叡亦大体沿循这一方针，仅有的几次主动出击，也是因应诸葛亮北伐和吴军不断袭扰淮南的局面。总之，曹魏建国后很长一段时间内，军事上主要以守土防御为主。从文帝、明帝本纪来看，他们在位期间，相对比较关注农耕与民生，如黄初三年、太和元年、青龙元年各有"赐天下男子爵，人二级"之举，同时又对"鳏寡孤独不能自存者"发放口粮或免除租赋。曹魏沿袭两汉"赐民爵"政策，是其建国初期鼓励孝悌力田的举措。

除了务实的一面，更值得注意的是，从文帝开始，已着手铺陈作为国家精神建构的宏大叙事。虽是偃武修文，也轰轰烈烈像是搞运动。概而言之，一是修礼乐，一是筑宫苑。

早在建安十八年，曹操册封魏公之时，便已始建魏社稷宗庙。在魏蜀吴三者中，唯独曹魏最注重庙祭，这亦显出它与蜀汉、东吴那种草创之国不同之处。文帝登基在冬十一月，来年春正月便郊祀天地、

建安二十六年

魏文帝曹丕像（唐阎立本《历代帝王图》）

明堂,恢复天子春分朝日、秋分夕月的古礼。是年又下诏奉祀孔子,"令鲁郡修起旧庙,置百户吏卒以守卫之。又于其外广为室屋,以居学者"。黄初五年,设立太学,"制五经课试之法,置春秋穀梁博士"。明帝对祭祖和祀孔亦毫不懈怠,太和二年诏曰:"尊儒贵学,王教之本也。自顷儒官或非其人,将何以宣明圣道?其高选博士,才任侍中常侍者,申敕郡国,贡士以经学为先。"四年又下诏:"兵乱以来,经学废绝,后生进趣,不由典谟。岂训导未洽,将进用者不以德显乎?其郎吏学通一经,才任牧民,博士课试,擢其高第者,亟用。其浮华不务道本者,尽罢退之。"将儒学作为选拔官员的门槛,是对设州郡中正以九品进退人才制度的重大修正。从曹操的法家实用主义到曹叡重启王教的"尊儒贵学",是一道渐变的轨迹,从中不难看出曹氏祖孙由先军政治转向礼治国家的努力。

曹丕受禅后定都洛阳,开始经营宫殿、园林和都城建设。黄初二年筑陵云台,三年穿灵芝池,五年穿天渊池,七年筑九华台,开大治宫苑之渐。曹叡在位十三年(226—239),更是大兴土木,在洛都建昭阳殿、太极殿、总章观,又修复毁于火灾的崇华殿,整饰陵云台,起陵霄阙、承露盘和圜丘。不光是洛阳,还重修许昌宫苑,起景福殿、承光殿,等等。明帝在工程建设上豪掷人力财力,自然惹来史家非议。作为反"浮华"的君主,又何以如此奢靡?这事情不能仅从贪图享乐的角度去理解,建筑本身亦是精神建构,对君主而言,那些巍峨壮丽的宫苑正是打造想象的大国威仪的标本。都城宫苑工程作为国家话语的视觉表达,跟祭天祀祖、尊儒修礼这类节目实是相为表里,笔者在《三国宅京记略》(原刊《书城》2018年5月号,收入《三国如何演义》,生活·读书·新知三联书店2019年版)一文中对此有过分析,这里不多说。但看《明帝纪》文末评曰,陈寿赞赏曹叡"沉毅断识",有帝王之概,同时亦指出其堕入帝国迷思之溺惑——本是旰食之秋,"而遽追秦皇汉武,宫馆是营,格之远猷,其殆疾乎"!

明帝时,最大的军事行动是司马懿征讨辽东公孙渊,从景初二年(238)正月至十一月,四千里跋涉,往还近一年。之前青龙二年(234)四月,诸葛亮出斜谷,明帝以掾佐孙资之策,诏司马懿"坚壁拒守",不予主动进攻。孙资对各方势力消长有一个基本判断："将士虎睡，百姓无事，数年之间，中国日盛，吴蜀二虏，必自罢弊。"（《魏志·孙资传》裴注引《资别传》）王夫之称赞其"早决于大计于一言者，收效于数十年之后"，这正是曹魏应对蜀汉北伐之长期战略方针（《读通鉴论》卷十）。

用兵谋国之事一概托付司马氏，朝廷自然省心。不妙的是，却使代理人渐然坐大。

明帝之后，是三位暗弱的少帝，即齐王芳、高贵乡公髦、陈留王奂。然而，曹魏这等大国已非弱主所能统御。齐王芳企图遏制司马懿，却力有不逮，为时已晚。嘉平元年（249）春正月，年迈的司马懿趁车驾谒陵之际，发动阙下政变，剪除大将军曹爽及其党羽，从此司马氏父子挟天子太后成为常例。老司马最后一次出征是嘉平三年解决王凌之叛，而高贵乡公时期又相继发生毌丘俭、诸葛诞反叛，都未能撼动司马氏。曹髦是三少帝独见血性者，甘露五年（260）五月，竟独自率宫中百余童仆讨司马昭，丧于贾充门人剑下。本纪中有不少篇幅记述曹髦造访太学，与诸儒讨论《周易》《尚书》《礼记》之事，其"才慧夙成，好问尚辞"，是个好学而风雅的主儿，其兴趣原本在于修明经典、广延诗赋、玩习古义。

曹奂被扶上帝座大概是早有设计，五年后亦即咸熙二年（265），禅位于晋王世子司马炎（晋武帝），本纪谓之"如汉魏故事"。其在位时，邓艾、钟会灭蜀，曹魏帝国开创前所未有的局面。这个宏大的帝国以禅代始，以禅位终，尧舜之德背后是浇薄与血腥。

### 蜀：遥领与征伐

曹丕成为魏文帝的第二年，刘备也赶紧做了皇帝。如果说魏国合法性来自献帝禅让，刘备则以血脉"祚于汉家"，他在登基文告中不但宣示其"率土式望，在备一人"之嗣国资格，更是谴责曹丕"载其凶逆，窃居神器"云云。曹魏大费周章搞了一场禅代大戏，还是没能堵住蜀汉建政之路。不用说，刘备祚汉的资格在其刘汉之姓，此为立国之本。后来刘备病笃之际，召诸葛亮吩咐后事，有谓："君才十倍曹丕，必能安国，终定大事。若嗣子可辅，辅之；如其不才，君可自取。"（《蜀志·诸葛亮传》）这话听上去很是恳切，他那个儿子若是不成器，诸葛老弟不妨取而代之。后世学者对此有种种解释，或以为刘备托孤乃诡伪之辞，更常见的说法是诸葛亮"两朝开济老臣心"，足见其贤良忠恪。诸葛亮是否粹然出于尽忠之心并不重要，因为最重要的一点无须讨论——那个昏聩的刘禅才是蜀汉的命根子，若是庙堂上换了外姓人，"祚于汉家"的合法性就不存在了。

因为"祚于汉家"，刘备自建国起就申述自己继承汉室之权利，理所当然认为普天之下皆为其汉家领土。尽管蜀汉仅占据汉末十四部州中的一个益州，只是偏安一隅，但其存在并不只是一个割据政权，其数十年间始终持有大汉王朝的帝国心态。

这种心态需要精神空间来安置，不能为疆域所限，因而以想象超越现实，自是拓展蜀汉帝国最方便的路径。譬如，其分封诸王便采取一种"遥领"方式，将封地一概置于魏国境内。据《蜀志·先主传》，刘备称帝后，于章武元年（221）立刘禅为太子，随后分封诸子，立刘永为鲁王，刘理为梁王。作为封地的鲁、梁二郡国都不在蜀汉所控制的地域，鲁郡属兖州（今山东曲阜），梁国属豫州（今河南商丘），跟益州都隔着万水千山。既是遥领，自然不可能"之国"，却是表示主权所有的一种话语方式。另，《后主传》建兴八年（230），刘永、刘理的封国又改徙别处，因为前一年与东吴约盟"交分天下"，考虑到鲁梁二地将划入双方拟定的吴国界内，便将鲁王永徙为甘陵王，梁王理徙为安平王。甘陵，即冀州清河郡（今山东临清），安平郡亦属冀州（今河北衡水），依然都在魏国境内。

以遥领方式主张领土主权，是蜀汉一大创举。在今人看来似乎有些滑稽，却不能简单地视为官样阿Q，这种虚封虚设背后有着王权神圣理念的支撑。蜀汉与曹魏之立国，都是你死我活的排他性设计，必然是承祧与禅代的话语撕搏。其实，蜀之承祧，魏之禅代，都是各自强说，献帝让位无非迫于曹氏威逼，而刘备说到底亦非汉室合法嗣主（参见拙文《刘备说"妻子如衣服"》，原刊《读书》2015年第5期，收入《三国如何演义》）。但因为曹氏是外姓，这事情在蜀汉这儿就演绎成忠/奸对立的叙事，虚妄的道德感亦便转化为义愤填膺的政治正义。所以，作为主权宣示的遥领，不但具有挑衅性，亦体现了无远弗届的精神扩张。

若干年后，刘先主这套遥置路数，亦被后主刘禅照式袭用。后主有七子，除太子刘璿外，其余瑶、琮、瓒、谌、恂、虔六子皆有封国，《后主传》记述如次：延熙元年，立刘瑶为安定王（安定郡属雍州，今甘肃镇原县）；十五年，立刘琮为西河王（西河郡属并州，今山西汾阳）；延熙十九年，立刘瓒为新平王（新平郡属雍州，今陕西彬县）；景耀二年，立刘谌为北地王（北地郡属雍州，今陕西铜川），刘恂为新兴王（新兴郡属并州，今山西忻州），刘虔为上党王（上党郡属并州，今山西长治）。毫不含糊，这六王领地也都砸到了魏国境内。反观曹魏诸王封国，却无遥置之说。曹操分封诸子尚在魏建国之前，无论始封还是追封，其二十四子封地皆在自家境内。曹丕建国后所封八子，亦尽如此。曹魏注重实际的制度安排，不屑隔空虚占地盘。

蜀汉不仅诸王封地搞跨境，以敌国州郡遥置封疆府署，抑或是作为对臣下的特进奖赐。如《蜀志》各传见有以下数例——

《马超传》："章武元年，迁骠骑将军，领凉州牧。"

《李恢传》："[章武元年]以恢为庲降都督，使持节，领交州刺史，住平夷县。"

《魏延传》:"[建兴五年]领丞相司马、凉州刺史。"

《姜维传》:"[延熙六年]迁镇西大将军,领凉州刺史。"

凉州在魏国境内,与益州西北接壤,让马超、魏延、姜维这类骁将遥领其地,或许可以给对方造成边防压力。交州乃东吴地盘,李恢"领交州刺史",正是蜀汉与东吴交恶之时,其遥领实有针对性。

这种遥领制度大概由汉末署置混乱状态而来,早年刘备就曾被表授遥领之职。据《先主传》,献帝兴平元年(194),曹操征徐州时,刘备率部数千人支援陶谦,"谦表先主为豫州刺史,屯小沛"。其时豫州刺史为郭贡(见《魏志·荀彧传》),陶谦表授刘备豫州刺史,并非取而代之,是给刘备安排一个官阶而已,故胡三省注称"私相署置者也"。豫州本治谯县,而刘备领刺史却驻屯小沛,其领而不治说明只是虚衔。后来,刘备与吕布交恶,依附曹操,"曹公厚遇之,以为豫州牧"(《先主传》)。实际上这回亦是虚授。刘备被称为"刘豫州",就是这两度遥领豫州的缘由。

然而，蜀汉的遥领已不是早年藩镇混战时期的赠官赐爵，实是刚烈而悲情的政治话语，贯注着"惧汉邦将湮于地"的危机意识，用以提醒臣民，大片国土还在篡盗者手里！这是作为国家意识形态的肌理和肢体。当然，这番话语不能只是玩虚的，要使复兴汉业的帝国大梦获得持续效应，还须借以战争做进一步表达。这一点，诸葛亮自是了然于心。

刘备死后，"政事无巨细，咸决于亮"（《诸葛亮传》），诸葛亮决计付诸军事行动。他知道，如果长期偏安一隅，不但"恢复汉业"成为空谈，自家这块地盘亦恐将不保。其《后出师表》有谓："先帝虑汉贼不两立，王业不偏安，故托臣以讨贼也。以先帝之明，量臣之才，故知臣伐贼才弱敌强也。然不伐贼，王业亦亡；惟坐待亡，孰与伐之？是故托臣而弗疑也。"这说得很清楚，明知敌强我弱，硬着头皮也要咬人家几口。

所以，平定南方四郡之后，建兴六年（228）春，诸葛亮便投入了进攻魏国的北伐事业——毛宗岗评点《三国演义》总称为"六出祁山"，实是胡乱命名，其征伐路线并非都在祁山方向，亦另由散关、羌道、斜谷等处向北揳入。综而观之，北伐是一种袭扰性打法，每每"粮尽而退"，都未能向关中推进。如此杀进杀出，耗至十二年秋，诸葛亮身殁，方告停歇。其连年征战，却寸土未得。为何屡出而无功，史家讨论此事各有说法。陈寿归咎其将略不足，而麾下亦无韩信那样的名将。其实，胜负结果应在武侯预料之中，毕竟国力相差悬殊。其执意伐魏，不在于军事上有多少胜算，实乃政治正义所驱使，出于一种心结和义愤——蜀汉既以延续汉祚为立国之由，就没有理由跟曹魏共存于天下。笔者分析，从蜀方征伐路线和部署来看，诸葛亮并无明确的战略意图，其征伐本身就是目的，乃以进攻姿态作为政治诉求（见本书《秋风五丈原》一篇）。

　　武侯去后，蒋琬、费祎先后接任军国大事，便将原先北伐中原的宏大计划压缩为"分裂蚕食"的边境战事。费祎说："丞相犹不能定中夏，况吾等乎！"他们明知北伐已无意义，但并不声言放弃，依然伺机而动，只是将诸葛亮那种袭扰性进攻变成了规模更小的袭扰。

　　蒋、费的继任者姜维在小说里被描绘成最后的悲剧英雄,从延熙元年(238)"数率偏军西入",到景耀五年(262)再出陇西,跟曹魏周旋二十多年。按毛宗岗夸饰之语,姜维是"九伐中原",但观其出兵方向大多在祁山以西,比诸葛亮北伐路径更加远离中原。唯独延熙二十年,自骆谷出秦川,逮着一个难得的好机会,其时淮南诸葛诞兵变,三辅守军调往寿春平叛,关中一时空虚。即便如此,亦未能真正对长安构成威胁。姜维累年征战,大率辗转天水至陇西一带,尽在曹魏军力最薄弱的地带下手,可见"恢复中原"之说只是悬置嘴上的目标。关于当日情势和姜维的心态,笔者亦有专文评说(见拙文《托国羁旅,孤独与悲情》,原刊《书城》2018年7月号,收入《三国如何演义》),此不赘述。

从诸葛亮到姜维,蜀汉北伐三十余载,疆土毫无拓展,却不改初衷。其国策背后清楚地呈现"汉贼不两立"的绝对理念,亦让人感受到一种意识形态化的悲情心态。事情显然不能仅着眼于其军事意义,更重要的是,同仇敌忾的征伐本身具有凝聚人心的作用——让国家永远处于战时状态,并以其不断强化的正义论,产生了克里斯玛式的感召力。一种自我煽情

建安二十六年

蜀主刘备像（唐阎立本《历代帝王图》）

的政治正义而本质上属于扯淡性质的国家话语如何产生有效性,这是一个典例。

事实上蜀汉是三国时期内政最稳定的一方,相比魏吴两国,少有内讧和反叛,更无权臣篡夺之事。刘禅作为三国最无能的君主,偏偏是在位时间最久的一个(前后四十一年)。蜀汉之败,败于国势凋敝。连年征战,国家岂能不凋敝。有趣的是,这个最先出局的失败者,给后世留下了虽败犹荣的神话,更借以文学叙事建构了某种影响久远的政治伦理。

### 吴:听于神,浮于海

何时称帝,孙权好长时间沉吟不决。蜀汉既建,直接跟曹魏死磕,东吴这边便大有回旋余地。《吴主传》谓:"自魏文帝践祚,〔孙〕权使命称藩,及遣于禁等还。"魏黄初元年十一月,曹丕册封孙权为吴王,其时孙权尚甘居藩王地位。裴注引《江表传》:孙权诸臣认为不应受魏封。孙权则谓:"昔沛公亦受项羽拜为汉王,此盖时宜耳,复何损邪?"这话里是以刘邦自诩,其受封只是权宜之计。孙权还特意找星算家看过星象,确定了一种"先卑而后踞之"的策略。裴注又

# 建安二十六年

引《魏略》曰：

> ［孙］权闻魏文帝受禅，而刘备称帝，乃呼问知星者，已分野中星气何如，遂有僭意。而以位次尚少，无以威众，又欲先卑而后踞之。为卑则可以假宠，后踞则必致讨，致讨然后可以怒众，怒众然后可以自大，故深绝蜀而专事魏。

孙权"深绝蜀而专事魏"，是因为荆州之事，关羽死在他手上，刘备必然要找他复仇，这时候只能先傍住另一头。可是，此一时彼一时，曹丕称帝第三年的十月，孙权竟以黄武建元，撇开了魏之黄初年号。之前，曹丕要拿吴太子做质子，孙权不肯遣送，双方几乎闹掰。东吴上半年大破蜀兵，孙权已变得很有底气了。此时东吴尚为藩国，其自立年号，不啻是挑战宗主国的权威。《通鉴》胡三省注曰："吴改元黄武，亦以五德之运，承汉为土德也。"这是跟曹魏争抢"承汉"的轮序。

是年九月，魏方曹休等分三路来伐，孙权一方面让部下临江据守，一方面"卑辞上书，求自改悔"，自是缓兵之计。《吴主传》谓:"初,[孙]权外托事魏,而诚心不款。"故随后几年间吴魏双方逐渐进入开撕阶段,据万斯同《三国大事年表》东吴记事,黄武二年至七年双方军事行动如次:

> 二年三月,魏军退。六月,将军贺齐等破魏蕲春,获其太守晋宗。
> 三年九月,魏主来伐,至广陵,临江而还。
> 四月十月,魏主复来伐,耀兵广陵而还。
> 五年七月,遣将侵魏江夏,围石阳,不克;还。
> 七年五月,鄱阳太守周鲂伪叛,诱魏将曹休。八月,将军陆逊大破休于石亭。

自与曹魏绝交以来,孙权的一班大臣纷纷劝其即尊号。《吴主传》接连记载吴地各处出现祥瑞,如黄武二年"曲阿言甘露降",四年"皖口言木连理",五年"苍梧言凤皇见",八年"夏口、武昌并言黄龙、凤皇见"。八年四月,孙权终于称帝,改黄龙元年(229)。这是魏文帝御宇九年之后,明帝登祚亦已两载。跟魏

建安二十六年

吴主孙权像（唐阎立本《历代帝王图》）

蜀两国不同，孙氏将建国的合法性完全归结为天命，其登基的祭天文告中特意强调"天意已去于汉，汉氏已绝祀于天"，干脆抛开汉业之因缘，声言"惟尔有神飨之"。

君权神授不是什么新命题，曹丕和刘备登基时也都扯上天意作为包装，可是孙权之"神飨"绝非装饰性辞藻，而是直接用它拉黑了世俗的王权统绪。提出"去汉"之说，实有如宣告"苍天已死"，既是否定魏之"代汉"合法性，也褫夺了蜀之"祀汉"的权利。这时候孙权已抛开七年前自立年号时"承汉为土德"的思路，干脆代之以一种神创说。

《吴主传》记录了作为神谕的祥瑞之物不断出现，如嘉禾生、甘露降、赤乌集、黄龙见、神人授书等，这些现象预示着天命神明之应，亦是国家话语的重要构成。在孙权及其身后三嗣主采用的十八个年号中，大多取自这类符瑞（如黄龙、嘉禾、赤乌、神风、五凤、甘露、宝鼎、凤凰、天册、天玺、天纪），似乎一切历史活动都围绕神迹而展开。譬如，嘉禾五年改元之事，传中有如下说明：

## 建安二十六年

秋八月，武昌言麒麟见。有司奏言，麒麟者太平之应，宜改年号。诏曰："间者赤乌集于殿前，朕所亲见，若神灵以为嘉祥者，改年宜以赤乌为元。"群臣奏曰："昔武王伐纣，有赤乌之祥，君臣观之，遂有天下。圣人书策，载述最详者，以为近事既嘉，亲见又明也。"于是改年。

曹魏之王权建构亦夹杂此类受命符瑞的故事（如青龙见摩陂井中而改元），但其痴迷程度远不及东吴，而蜀汉则几乎不问天命。读《三国志》诸帝王纪传，各自叙事模式大相径庭，概乎言之，曹魏践行王道之职，蜀汉贯以正邪之论，东吴则悬于天人之际。孙权的国事充满了各种留予后人猜想的隐喻，其生前三立太子，身后是两度废立之局……因为据于神的想象，不在乎什么现实羁绊。孙权死的前一年，派官员迎神人王表之事，神神道道，语焉不详，让人更觉匪夷所思。时谚曰："国将兴，听于民；国将亡，听于神。"（裴注引孙盛）其实孙权一开始就是"听于神"的神谕主义。

其实，孙权本人就是神话的主人公，自有超越魏帝蜀主的气场和境界。主人公将退场之际，那些符命自然就成了失落的凶兆。《吴主传》记述了那种惊悚场景，大风卷地，江海涌溢，高陵松柏斯拔，郡城南门飞落……

汉末以来，各路豪强都是战国纵横家的路数，但要讲身段灵活，没有谁比孙权玩得更娴熟。赤壁之战就是拽上刘备才赢了曹操，后来又依傍曹操夺回荆州。现在，他以天意宣告汉祀已绝，却并不拒绝与祀汉的蜀方结盟。早在黄武二年冬，东吴刚与曹魏交恶，诸葛亮就看出东朝风向又转了，便派邓芝来重修旧好。第二年夏，东吴则遣张温使蜀，全面恢复邦交正常化。黄龙元年六月，蜀遣卫尉陈震来庆贺孙权践位，乃有"参分天下"之议——以司州函谷关为界，东边归吴国，西边归蜀汉。这已不是遥置遥领的节目，直接从纸上瓜分了魏国。这时候，孙权的立国思路已从绝蜀事魏完全转向连蜀抗魏了。

蜀汉以魏地分封诸王，无疑给孙权一种启示。孙权七子，太子登和次子虑早夭，后立幼子亮为太子，其余四子封国皆在魏境。赤乌五年（242），立孙霸为鲁王；太元二年（252），立废太子和为南阳王（南阳郡，魏荆州治，今河南南阳），孙奋为齐王（青州齐国，今山东临淄），孙休为琅邪王（徐州琅邪国，今山东临沂）。孙权分封诸子在吴蜀"参分天下"之后，这些遥领之地按双方拟议归属东吴。

孙权死后，继位的孙亮未及成年被孙綝废黜，拥立的孙休死得也早，其在位时只是封了废帝孙亮黜为会稽王（扬州会稽郡，今浙江绍兴）。后来大臣们再搞废立之局，废了孙休的太子孙𩅦，孙皓封他为豫章王（扬州豫章郡，今江西南昌）。会稽、豫章都在自家地界，那是要找个地方安置废帝和废太子。至于孙皓诸子，先后封国三十余者，封地散布于汝南郡、梁国、陈郡（均属豫州）、东平郡、陈留国（均属兖州）、天水郡、武威郡（均属雍州）、中山国（属冀州）、代郡（属幽州）等处。孙皓即位时蜀汉已亡，旋而司马氏以晋代魏，其所封皆为晋国地域。

至于虚置境外府署，东吴丝毫不让蜀汉。如黄武初，朱桓领彭城相，贺齐领徐州牧；黄龙元年，全琮领徐州牧；孙休即位后，丁奉领徐州牧，陆凯领豫州牧；孙皓即位后，陆抗领益州牧（见《吴志》各传）。除陆抗遥领之益州已是晋国地盘，其他所领州郡均在

代汉・祀汉・去汉

孙綝废吴主孙亮（《三国演义》清初大魁堂本插图）

魏国。此亦可见，东吴战略的既定目标就是对抗那个北方大国。

遥领之外，孙权还有另一种跨境的想象，那就是企图在曹魏身后建立自己的实体藩国。孙权黄龙元年四月称帝，五月就派校尉张刚等往辽东联络公孙渊。嘉禾元年（232）春，又遣将军周贺等乘海往辽东。这回因携带大批随从，不便穿越魏国地界，只能走水路。周贺虽被魏将田豫狙杀于青州海岸成山角，但他的船队应该是抵达了辽东。是年十月，公孙渊即派人来东吴，"称藩于［孙］权，并献貂马"。翌年三月，又派张弥等一干文臣武将出使辽东，"将兵万人，金宝珍货，九锡备物，乘海授［公孙］渊"。如果《吴主传》所言不虚，不妨想象那万人船队是何等规模。持节出使的太常张弥带去孙权诏书，以幽青二州十七郡七十县，封公孙渊为燕王（裴注引《江表传》）。倘若辽东真成了东吴领地，可想而知，曹魏便是腹背受敌。历史的轨迹或许就是因为某个末流角色而发生转折，就在关键时刻公孙渊突然翻脸投魏，杀了孙权的使节，让孙权苦心经营的封藩计划彻底落空。史书记载此事过于简略，《吴主传》只说"［公孙］渊斩［张］弥等，送其首于魏，没其兵资"，至于如何让随从的万余军士缴械入彀，想来不是一桩简单的事情。

辽东这一步踏空，却也有意外收获，辽东郡北边玄菟郡的高句丽王位宫愿为东吴藩国（《吴主传》裴注引韦曜《吴书》），总算让孙权的大国战略在北方获得呼应。

公孙渊的背弃让孙权怒不可遏（《江表传》载其诏书称"气涌如山"），打算亲自蹈海远征辽东，被尚书仆射薛综等谏止。之前，顾雍、张昭等老臣都认为辽东归附之事不靠谱，再三劝谏，孙权不听。没有人能够理解孙权的战略构想。他登基当年便迁都建业，显然是便于出海的考虑。他瞧不上蜀汉北伐那种边境打劫，一心要构筑向海外扩展的宏大帝国。

孙权登基第二年，派遣将军卫温、诸葛直率兵万余出征夷洲和亶洲。夷洲即台湾本岛，亶洲应是今之日本（《吴主传》谓秦皇遣徐福求仙之处）。不过这次海上冒险并不成功，只是从夷洲掳得数千人而已，终未能抵达亶洲。后来卫温、诸葛直竟以"违诏无功"被诛。但据《吴志》陆逊、全琮二传，征夷洲之役，目标还包括珠崖（汉武帝时在海南岛设珠崖、儋耳二郡，后废弃），二将无功而返，是因为"军行经岁，士众疾疫死者十有八九"。但《吴主传》又谓：赤乌五年"遣将军聂友、校尉陆凯以兵三万讨珠崖、儋耳"。史书没有详述海南岛民归化状况，但自建安十五年以后孙权已将交州收入囊中——其地域不仅包括今之两广，更延至今越南中南部。黄武五年，吕岱督交州军事，平息士徽之乱，收复九真郡（今越南清化省一带），巩固了南越领地，并将扶南（柬埔寨古国）、林邑（今越南中南部）、堂明（老挝古国）等外藩纳入职贡（参《吴志》孙权、士燮、步骘、吕岱诸传）。

从北方高句丽到南方交趾，以及一次次"浮于海"的外交与征伐，很难说是基于浪漫无边的征服心理还是某种畸变的忧患意识，总之是将叙述者带入不可解脱的帝国迷思。问题在于，这部"武皇开边意未已"的罗曼史太过偏重神话与想象，所有那些宏大而虚幻的叙事总是难以转化为现实的辉煌，很容易湮没于成王败寇的历史消息。帝国的覆灭，另一方面自是由于本文未及叙说的那些烛光斧影的宫斗戏码。东吴的将军们一直试图越过庐江、淮南，寻求揳入中原的路径，却始终未能突破北兵的防线。"王濬楼船下益州，金陵王气黯然收"，直至千年之后才让人重拾忧伤的记忆。

2020年4月23日记
原刊《书城》2020年第7期

# 空城计札记

## 一

"空城计"是诸葛亮初出祁山的收官之笔,事在《三国演义》第九十五回。因马谡失街亭,诸葛亮只得安排退兵之计,自引五千人马去西城县搬运粮草。不料司马懿父子率十五万大军蜂拥而来,这时身边没有一个能上阵的将官,而五千军中却有一半运粮走了。无奈之下弄险大开城门,以虚应实,眩惑对方。眼见诸葛亮在城楼上焚香操琴,司马懿疑有伏兵踟蹰不前,终竟不战而退。此节本是蜀军撤退的过渡情节,寥寥千余文字却成了压轴的重头,在三国层出不穷的谋略叙事中,实为最令人叫绝的一计。

空城计札记

戏出年画《空城计》(山东平度)

## 建安二十六年

《三国演义》以陈寿《三国志》为蓝本,许多奇崛的情节亦自有其本事。例如,曹操下套离间马超、韩遂,那种桥段怎么看也像纯然出自小说家手笔,却是《魏志·武帝纪》建安十六年记事。不过,"空城计"这故事并不见于《三国志》诸传,亦未载入《晋书·宣帝纪》(按,陈寿撰《三国志》因避讳不作司马懿传,《宣帝纪》可补此缺),实际上小说这番描述根本不见于任何正史,实是文学虚构。然而,之前失街亭和后来的斩马谡,却是于史有证。《蜀志·诸葛亮传》记曰:"……[诸葛]亮使马谡督诸军在前,与[张]郃战于街亭。谡违亮节度,举动失宜,大为郃所破。亮拔西县千余家,还于汉中,戮谡以谢众。"这前后两截将虚构的"空城计"嵌合其中,裹入一场实有其事的战役。那是蜀汉建兴六年(228,即魏太和二年)春天的事情。

不过,据史志记载,诸葛亮这次伐魏,对方主帅是曹真,而非司马懿。如《魏志·明帝纪》谓:"太和二年,蜀大将诸葛亮寇边,天水、南安、安定三郡叛应亮。遣曹真进兵,张郃击亮于街亭,大破之。亮败走,三郡平。"《曹真传》亦谓:"诸葛亮围祁山,南安、天水、安定三郡反应亮。帝遣（曹）真督诸军军郿，遣张郃击亮将马谡，大破之。"曹真坐镇郿县（今陕西眉县），披坚执锐冲在前边的是张郃，这回没有司马懿什么事儿。

其时司马懿居于宛城（魏之荆州治，今河南南阳），《晋书·宣帝纪》曰"加督荆、豫二州诸军事"。之前因新城太守孟达反水，司马懿率兵奔袭上庸（今湖北竹山一带），斩孟后并未远赴天水郡加入战事，而是"振旅还于宛"。如果按蜀魏战争编年史来安排"空城计"这故事，在城下听诸葛亮操琴的应该是张郃，司马懿杀入蜀境尚在两年之后（魏太和四年）。

## 二

"空城计"这故事由来已久。《蜀志·诸葛亮传》裴松之注引晋人郭冲条述诸葛亮五事，其第三事曰：

[诸葛]亮屯于阳平，遣魏延诸军并兵东下，亮惟留万人守城。晋宣帝（即司马懿）率二十万众拒亮，而与延军错道，径至前，当亮六十里所，侦候白宣帝，说亮在城中兵少力弱。亮亦

知宣帝垂至,已与相逼,欲前赴延军,相去又远,回迹反追,势不相及,将士失色,莫知其计。亮意气自若,敕军中皆卧旗息鼓,不得妄出庵幔。又令大开四城门,扫地却洒。宣帝常谓亮持重,而猥见势弱,疑其有伏兵,于是引军北趣山。明日食时,亮谓参佐拊手大笑曰:"司马懿必谓吾怯,将有强伏,循山走矣。"候逻还白,如亮所言。宣帝后知,深以为恨。(建兴五年裴注)

这就是"空城计"故事原型。郭冲的记述确是极好的小说材料,此条所谓"敕军中皆卧旗息鼓,不得妄出庵幔。又令大开四城门,扫地却洒"这一番安排,尽被《三国演义》取用;而诸葛亮之"意气自若",则化作身披鹤氅焚香操琴的城头表演。以小说描述的"空城计"场面对照郭冲此条,可见基本上是按其原型加以渲染铺叙。郭冲所述本乃小说家言,裴注亦注意到其说与史实相抵牾,乃谓"冲之所说,实皆可疑"。裴注"难曰"之论,一个有力的依据就是司马懿其时在宛,不可能与诸葛亮直面相睹。

值得注意的是，郭冲此条开头一句："亮屯于阳平，遣魏延诸军并兵东下，亮惟留万人守城。"给出的地点是阳平（即汉中阳平关，在今陕西勉县）——诸葛亮本人留守阳平，也就是说，这个原始版本的"空城计"故事应是发生在阳平。诸葛亮几次北伐都是从阳平大本营出发，按郭冲之说倒是险些让司马懿抄了他的老巢。《三国演义》将地点挪到了西城县，有意将故事嵌合到初出祁山的战事之中。

不过，将地点摆到西城县，方位明显有误。

问题是西城县不在祁山以北。西城乃魏之荆州魏兴郡治（今陕西安康），跟蜀方出兵的祁山—天水一线不在一个方向。如果按小说叙事情境，诸葛亮险遭围城的地方应该是天水郡的西县（今甘肃天水附近），而不是魏兴郡的西城县。诸葛亮从阳平关出兵，是从箕谷向西北—东北方向运动，从地图上看，祁山—西县—天水—街亭，大致是逐次向北的节点（见谭其骧《中国历史地图集》第三册），西县正在蜀军进退路线上。

# 建安二十六年

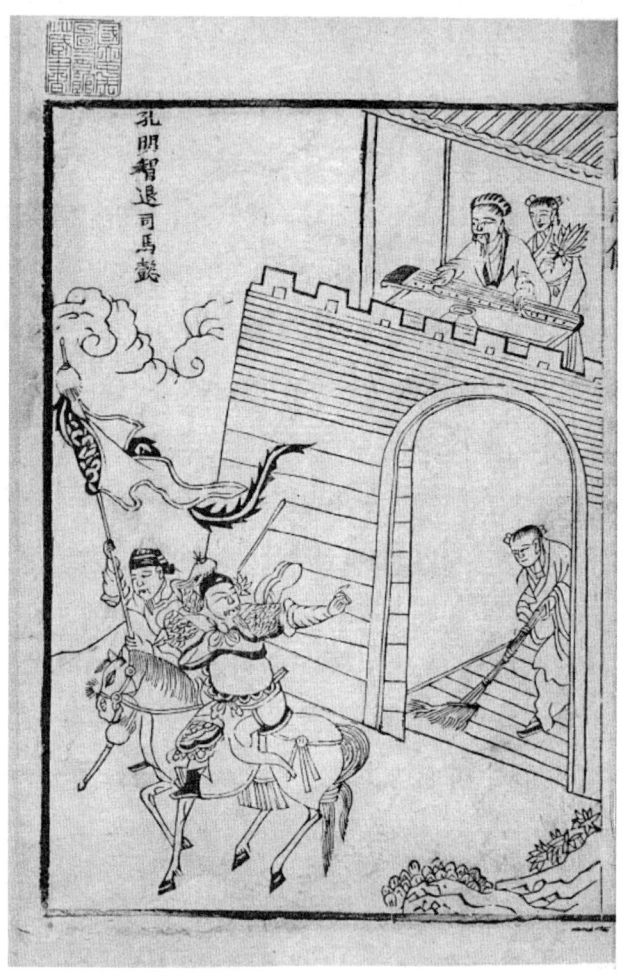

孔明智退司马懿(《三国演义》清初大魁堂本插图)

## 三

西县、西城县，一字之差，很容易发生舛错不是？但这里的混淆好像不是这么简单。

再看郭冲三事，其"遣魏延诸军并兵东下"一语，分明是往东南方向的魏兴郡进发，那是曹魏控制的荆州西北部，西城县正在这个方向上。由此可见，这原版"空城计"是以另一场战事为背景。其实，郭冲四事说的才是初出祁山之役，如谓："[诸葛]亮出祁山，陇西、南安二郡应时降，围天水，拔冀城，虏姜维，驱略士女数千人还蜀。"（建兴六年裴注）此与蜀、魏诸传所述略同。那么，这回"并兵东下"为何来着？唯一的可能就是为接应孟达反水而出兵，从谭其骧地图上看孟达所据新城郡就在魏兴郡下方。只是没有史料可以佐证诸葛亮有过这样的东征之举。也许实际上并未发生战事，司马懿仅八日就率部从宛城杀到上庸，魏延策应不及只得偃旗息鼓，因而未及见诸史家笔端。当然这是基于郭冲叙事的假设。

魏延向魏兴—上庸进发，与杀向汉中的司马懿"错道"而行，这正说明对方是从魏兴郡那边过来。这一点,郭冲并非凭空杜撰,诸葛亮出祁山之后,司马懿已屯兵魏兴郡(西城)。

《魏志·曹真传》记述,太和四年(蜀汉建兴八年),曹真向魏明帝曹叡建言:"蜀连出,侵边境,宜遂伐之,数道并入,可大克也。"明帝采纳了这个分兵进入蜀境讨伐的方案:"[曹]真以八月发长安,从子午道南入,司马宣王溯汉水,当会南郑。"南郑(今陕西汉中),即汉中郡治,这次进讨意在拿下汉中。按《蜀志·后主传》的说法,曹魏是作三路进兵:"[建兴]八年秋,魏使司马懿由西城、张郃由子午、曹真由斜谷,欲攻汉中。"

《曹真传》又谓:"会大霖雨三十余日,或栈道断绝,诏真还军。"曹真此番出师不利,被大雨堵在陈仓,并未进入蜀境。但司马懿一路倒是长驱直入,《晋书·宣帝纪》曰:"四年……与曹真伐蜀。帝(按,指司马懿)自西城斫山开道,水陆并进,溯沔而上,至于朐䏰,拔其新丰县。军次丹口,遇雨,班师。"可是,从谭图上看,宣纪叙述的进军路线有些令人费解。司马懿到了朐䏰(今重庆云阳县),还拿下了汉丰县(今重庆开州区,新丰系汉丰之误,建安二十一年刘备析朐䏰置汉丰县，参钱大昕《廿二史考异》卷十八），这两处均属巴东郡，在汉中、巴西两郡之东南，看上去是走了相反的路线。说是"溯沔而上"，却是沿着长江往上游绕远，莫非是要走西汉水？不过，学界有一种有争议的说法，这一地区在南北朝之前出现严重地质变化，因嘉陵江袭夺古汉水上游而形成沔水（汉水／西汉水）分流，已无法确定其改道之前的走向（参周宏伟《汉初武都大地震与汉水上游的水系变迁》，《历史研究》2010年第4期）。考虑到这一层，未可遽断司马懿当日是怎么个操作。

只是张郃一路不见说起。查《魏志·张郃传》，并未记述从子午谷攻汉中之事。倒是两年前（魏太和二年），诸葛亮再出祁山攻魏之际，张郃为救陈仓，率部"晨夜进至南郑"。那回杀到南郑，诸葛亮已粮尽而退。但太和四年攻蜀只是《后主传》提到张郃，而《明帝纪》大抵将其归入曹真一路（《华歆传》说曹真从子午道伐蜀，那么张郃是换到斜谷那边，还是跟曹真并作一路？这两处相去甚远，不至于混称一路）。

不管是何年何时，张郃能够进至南郑，那应该是一座孤城。没有证据表明诸葛亮是否被围在城内。蜀军撤退之际,粮草被设置为一个话题……这些因素凑到一起,"空城计"的外部条件已廓然在目,难道不能想象,曾深入蜀地的司马懿可以替代张郃出现在城下?

在《三国演义》中,太和四年攻蜀之事在第九十九回,却是将司马懿跟曹真拴到一处,都被大雨阻在陈仓城内。当然,这是小说家移花接木的手段。就像鲁迅说的"嘴在浙江,脸在北京,衣服在山西",郭冲的叙事也很可能这样一种拼凑。但是反过来说,史家笔下纷纭歆出的叙事亦未必没有事实与想象之舛互。当然,还有一些耐人寻味的空白。就说这一年,蜀汉建兴八年,诸葛亮行状不详,其传中偏偏漏缺这一年记事。是年,《后主传》仅有一句提到诸葛亮,魏兵欲攻汉中,"丞相亮待之于城固赤坂"。赤坂,在南郑以东。

四

在《三国演义》成书之前,三国文学叙事主要见于宋元说话和元杂剧。宋人说话有"说三分"的家数,但究竟有哪些关目,如今已不可知悉,流传于世的话本只有元至治时建安虞氏刊印的《新编三国志平话》一种。这部话本对《三国演义》有着明显的影响。然而，《平话》并没有采入郭冲叙述的"空城计"这个段子。

不但《平话》没有这一出，今存二十一种元杂剧三国戏中同样没有"空城计"。如将搜索范围扩衍至元杂剧乃至宋元南戏和金院本三国戏残曲及所有存目，也还是找不见这个剧目。元代以前的剧本、残曲及存目收入《三国戏曲集成》（复旦大学出版社2018年版），合计有七十七种之多，其中像"桃园结义""战吕布""千里独行""单刀会"等重要剧目均有两三种以上不同版本，却没有一例以"空城计"为题材。再查《武林旧事》卷十所列"官本杂剧段数"名目，里边没有三国戏，而《辍耕录》卷二十五宋金"院本名目"只有《赤壁鏖兵》《刺董卓》《襄阳会》《大刘备》《骂吕布》五种。

三国戏曲的题材分布有两个值得注意的现象：一是以刘关张和蜀汉叙事为主，二是主要讲述诸葛亮南征之前的故事。戏曲跟小说不同，非受众"喜闻乐见"不可。因为人们喜欢"尊刘抑曹"或是"尊诸葛抑司马"的主题,而平蛮之后蜀汉便由盛入衰,所以元明戏曲(杂剧、南戏、传奇)鲜有涉及诸葛亮、姜维北伐之事。

题材取舍实大有讲究,审视历史亦自亦伴有某种审美态度。北伐出师未捷,不啻开启一部蜀汉衰亡史,小说家于此灌注的悲剧意慨不大容易为戏曲观众所接受(况且戏曲演出往往与喜庆相参和),故涉及蜀汉后期的元剧仅有王仲文《诸葛亮秋风五丈原》(今存残曲)一种。不仅元代以前是这样,甚至《三国演义》成书之后出现的明清杂剧、传奇亦同样如此,很少有取之小说第九十一回以后的关目。

传奇往往是几十出的连台本大戏,如明无名氏《草庐记》,缀合诸葛亮出山辅佐刘备的一系列故事,不只是三顾茅庐,一直演到刘备入蜀称帝为止。再如,清室允禄长达二百四十出的《鼎峙春秋》,剧情从刘关张结义至武侯七擒孟获,其中与小说或历史记载相关的叙事只到诸葛亮南征归来为止。见好就收,明显是一种叙事意图。不过,清代传奇和杂剧也不是完全没有做三国后期文章的。如夏纶的传奇《南阳乐》、周乐清的杂剧《定中原》,就是一种另类三国戏，二者都是从诸葛亮五丈原禳星切入，然后就脱离了小说和历史叙事，整个故事就是演绎蜀汉国运起死回生的大逆转，诸葛亮禳星得以延寿，灭了司马氏父子，灭了曹魏和东吴而一统天下。但因为是从五丈原说起，早先"空城计"一节自然不在其内。

不管避讳还是纂述，总之早先戏曲家并不看好这个表现诸葛亮智谋和胆略的故事。不能说没有技术上的原因（譬如其戏剧冲突难以形之于外，仅凭唱功表演剧情有相当难度），或许更主要的是，那种弄险退兵之计也还是"出师未捷"的注脚。

应该说，"空城计"之所以成为著名戏曲剧目，大抵在京剧兴起之后。据金登才《清代花部戏研究》搜集的剧目，此前花部三国戏中有《失街亭》和《斩马谡》，偏就没有《空城计》。京剧《空城计》，又名《抚琴退兵》，是典型的老生安工戏，余三胜、卢胜奎、谭鑫培、潘月樵、余叔岩、马连良、言菊朋、谭富英等几代名角都曾饰演戏中诸葛亮，留下脍炙人口的梨园佳话。据今见资料，大概最早演出《空城计》的是余三胜（1802—1866），署名倦游逸叟的《梨园旧话》（见张次溪编纂《清代燕都梨园史料》）开列余氏擅演的剧目中就有《空城计》。不过，现存最早的《空城计》本子可能是灌花叟裱订在《醉白集》里的一种，据《三国戏曲集成》第五卷前言介绍，那书里收入的剧本多为同治年间徽班常演剧目。还有，三庆班卢胜奎于光绪初年编演三十六本《三国志》，据说失空斩三种俱有（卢本今存十九种，这三种不在其内）。据许姬传《谭鑫培的艺术道路》（见《许姬传七十年见闻录》）记述，谭培鑫演《空城计》就是用卢胜奎的本子，只是在谭氏手里做过一番"删繁就简"的修改。

在印刷物尚未普及的时代，戏曲的传播作用无疑优于小说，"空城计"成为国人妇孺皆知的故事，京剧功莫大焉。顺便说一下，"空城计"这名目恐怕也是源自戏曲，《三国演义》书中从回目到内文都未见此语（毛宗岗回评虽曰"坐守空城"，却未名之"空城计"）。

然而，这个题材何以迟至清咸丰同治间才被搬上戏台，未是三言两语所能道明，大抵要从世事变迁乃至社会文化心理诸方面寻找原因。

## 五

坊间所谓"三十六计"小册子,将"空城计"列入兵家韬略,实为大谬。按《辞源》释义,此乃近世好事者附会古语立为名目。其实,诸葛亮这步险棋绝不同于"暗度陈仓""围魏救赵"之类,只是处于特殊情境的应变之策,其独特之处正在于不可复制。

就谋略效应而言,"空城计"或可归入古代战例常有的疑兵计一类。从《三国演义》多处写到的疑兵战术来看,此计能蒙住对方恰是各种因时因地的变招。如第四十二回,刘备当阳撤退时,张飞于长坂桥截阻曹兵,命手下用马匹拖曳树枝搞出"尘头大起"的样子,让曹操疑有伏兵而不敢追杀。又如第九十五回,司马懿从西城退去,关兴、张苞于武功山阻击,也是虚张声势疑惑对方,仅以三千人马做成漫山遍野都是蜀军的假象。

疑兵计通常是以弱搏强,以虚应实,玩的是心理战。就兵家常理而言,这是一种反其道而行之的谋略。兵者的"诡道",首先是一种诱敌之策。如《孙子兵法》所谓"能而示之不能,用而示之不用"(计篇），说的是要装出一副不能打的样子让你来打，背后自须实力支撑。长坂坡林间"尘头大起"，武功山遍野"鼓角喧天"，却是将文章反过来做，是佯装声势使对方止步于阵前。

但"空城计"的设意又恰恰相反——目的是阻扰对方进攻，偏又摆出一副不设防的样子。明明是拒敌之策，又像是在诱敌深入。诸葛亮城头操琴的优容自如，那不慌不躁的神态，让人根本看不出是逞强还是示弱。按说司马懿应该明白《孙子兵法》所说"无恃其不攻，恃吾有所不可攻也"（九变篇）的道理。可这里是拐了几个弯的反向思维，竟未能堪破此义，自是绕进了这颠倒舛互的套子里。

当然，诸葛亮敢玩这一手，实是抓住了司马懿谨慎而多疑的性格；司马懿之所以不进而退，却只知诸葛亮亦是谨细之人，未料其敢于如此铤而走险。不过，这说的只是一面的道理。以小说描述的情境，双方兵力如此悬殊，诸葛亮实际上已无路可走。既已身处险境，那就不是主动弄险的事情。事后众人皆惊服"丞相之机，神鬼莫测"，诸葛亮倒是说了一句大实话："吾兵止有二千五百，若弃城而走，必不能远遁，

空城计札记

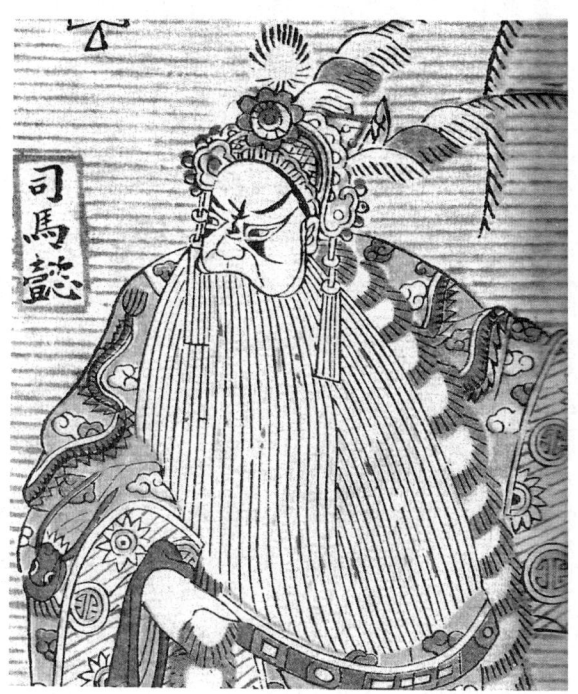

戏出年画《空城计》中的司马懿（山东平度）

得不为司马懿所擒乎？"

打也不是，走也不是，只能将拒敌之策隐于诱敌的假象之中。但这"示之不能"的假象还不能做得太像，否则将司马懿引入城内就坏事了。可想，"空城计"营造的从容淡定，只是从进退两方面模糊对方的判断，因为这其中有一个难以调适的悖论：既不能拒敌，更不敢诱敌。在兵家眼里凡事都要反过来看，司马懿戎事倥偬之际没有时间考虑其中的荒谬，只能凭感觉行事。所以，归根结底是性格问题，性格即命运。

作为无奈的应对之策，严格说"空城计"未必一定有胜算，但也算是危急之中抓住了最优选项。诸葛亮的运气在于对手是司马懿，如果杀到西城的是张郃，就绝无这一出好戏。从这个意义上说，"空城计"是诸葛与司马的"共谋与合作"。

然而有趣的是，许多读者和观众都愿意将诸葛亮此举作为制胜的计谋，视为初出祁山之优胜记略。尽管史家缄默不语，文学叙事又显得夸张而多少有些乖谬，但人们对此还是津津乐道，因为人们愿意相信诸葛亮总有神算妙策。这就是布斯在《小说修辞学》里揭示的那种情形:"作者与读者背着叙事者秘密地达成共谋,商定标准。正是根据这个标准,发现叙述者是有缺陷的。"

2020 年 3 月 13 日记

原刊《读书》2020 年第 8 期

## 伏甲设馔，掷杯为号

一

鸿门宴的故事国人耳熟能详，出自《史记·项羽本纪》。刘邦逃过此劫，首先是因为项伯替他说了好话，使项羽迟疑不决。筵席上范增再三举玉玦为号，"项王默然不应"。继而唤项庄舞剑，项伯竟拔剑对舞，"以身翼蔽沛公"。及至樊哙上场，就完全没有机会了。虽说谋杀未遂，鸿门宴却留下了恶名，成为饭局阴谋的代名词。

中国历史上大概有过无数鸿门宴，未考始作俑者出自何处，但春秋战国都有此类记载。如，《左传》鲁宣公二年（前607），晋灵公就想在饭局上做掉碍事的

赵盾。因"晋灵公不君",赵盾苦谏不听,灵公便起杀心。传谓:

> 秋九月,晋侯饮赵盾酒,伏甲,将攻之。其右提弥明知之,趋登,曰:"臣侍君宴,过三爵,非礼也。"遂扶以下。公嗾夫獒焉,明搏而杀之。盾曰:"弃人用犬,虽猛何为!"斗且出。提弥明死之。

《左传》行文多缺省,"斗且出"之际,恶犬已被提弥明击杀,刀斧手若不踊出,赵盾与谁相斗?故杨伯峻注曰:"与伏甲且斗且出也,此时伏甲当已起矣。"

又,《左传》鲁昭公十一年(前531),楚灵王欲灭蔡国,以宴飨召蔡灵侯赴会。这是一次成功的鸿门宴,尽管蔡侯手下告诫他这是阴谋,蔡侯硬是钻入饭局套子——

> 楚子在申,召蔡灵侯。灵侯将往,蔡大夫曰:"王贪而无信,唯蔡于感(憾)。今币重而言甘,诱我也,不如无往。"蔡侯不可。三月丙申,

> 楚子伏甲而飨蔡侯于申,醉而执之。夏四月丁巳,杀之。

又,战国秦孝公二十二年(前340),卫鞅(商鞅)率师攻魏,魏惠王遣公子卬阻击,未及开战,卫鞅就在酒桌上拿下了公子卬。《史记·商君列传》记述如下:

> [秦孝公]使卫鞅将而伐魏。魏使公子卬将而击之。军既相距,卫鞅遗魏将公子卬书曰:"吾始与公子驩(欢),今俱为两国将,不忍相攻,可与公子面相见,盟,乐饮而罢兵,以安秦魏。"魏公子卬以为然。会盟已,饮,而卫鞅伏甲士而袭虏魏公子卬,因攻其军,尽破之以归秦。

这几乎就是楚灵王"伏甲而飨"的翻版。卫鞅信中一番话说得很恳切,公子卬就信以为真,不知他是真傻还是过于自负。其实,二者多半是一回事。

后来"伏甲而飨"亦成饭局谋杀的专用词语,再后来更常见的说法是"伏甲设馔",见于《世说新语·雅量》篇。那是晋人的事情,简文帝死后,桓温

伏甲设馔，掷杯为号

代晋之谋落空，便要除去另外两个辅政大臣谢安和王坦之。其文如下：

> 桓公伏甲设馔，广延朝士，因此欲诛谢安、王坦之。王甚遽，问谢曰："当作何计？"谢神意不变，谓文度（王坦之字）曰："晋祚存亡，在此一行。"相与俱前。王之恐状，转见于色。谢之宽容，愈表于貌。望阶趋席，方作洛生咏，讽"浩浩洪流"。桓惮其旷远，乃趣解兵。

桓温最后未下手，是谢安临危不惧的神采让他颇有忌惮，亦足以表明此公做事尚有底线，他内心敬服的正是谢安这般人物。将饭局做成杀局，有成事的也有不成事的。成事者须得心狠手辣、行事周密，而对方则是自负而颠顶。二者须是这样一种对称配置。

二

"伏甲而飨"或曰"伏甲设馔"，汉末三国时期最多。初平元年（190），董卓徙献帝至长安后，为镇压反对者，搞过一次惨不忍睹的大规模饭局杀戮。《魏

## 建安二十六年

志·董卓传》曰:

> [董]卓豫施帐幔饮,诱降北地反者数百人,于坐中先断其舌,或斩手足,或凿眼,或镬煮之。未死,偃转杯案间。会者皆战栗,亡失匕箸,而卓饮食自若。

寥寥数语,令人毛骨悚然。《三国演义》第八回按卓传记载写了这个残酷的饭局,却并未细加描述,大概是因为这般场面实在让人不忍细睹。或者是避免重复感,之前第三回尚在洛阳时,为废立之计(废少帝立献帝),董卓两次设宴召集公卿百官,已经出现过以杀戮威逼臣僚的场面。董卓死后,其部曲李傕、郭汜、张济、樊稠等大闹长安。稍后,又是诸将争权,李傕杀了樊稠,兼并对方的队伍。李傕杀樊稠,就是借酒筵饭局下手。李、樊之事见《后汉书·董卓传》(亦见《魏志·董卓传》),章怀注引《献帝纪》曰:"[李傕]见[樊]稠果勇而得众心,疾害之。醉酒,潜使外生骑都尉胡封于坐中拉杀稠。"

董卓占据长安时,刘表初任荆州刺史,亦有疑似伏甲设馔之事。据《后汉书·刘表传》，其时江南宗贼大盛，为解决这些土著武装，刘表采用蒯越、蔡瑁建议，"遣人诱宗贼帅，至者十五人，皆斩之而袭取其众"。此事亦见《魏志》裴注引司马彪《战略》（司马彪说是五十五人）。虽未明说是设馔召集这些人，但二书均拈出一个"诱"字，没有饭局想来不成。刘表在《三国演义》里被描述为优柔寡断的性格，其实是个厉害角色，一次性诱杀这么多地方武装头目，可见其杀伐果断。司马彪说，"[刘]表初到，单马入宜城"，不几年剪除宗部，收服叛军，治下便是"地方数千里，带甲十余万"，蔚然已成大邦。所以，刘备离开袁绍后便来荆州投奔刘表。这是建安五年（200）的事情。

刘备到来，刘表待之以上宾，不过按《蜀志·先主传》说法，"荆州豪杰归先主者日益多，[刘]表疑其心，阴御之"。《三国演义》第三十四回写蔡瑁拟于襄阳宴会上处决刘备，并非凭空杜撰。小说写道："蔡瑁在外，收拾得铁桶相似，将玄德带来三百军，都遣归馆舍，只待半酣，号起下手。"席间，酒至三巡，伊籍起身把盏，趁机示意刘备离席。伊籍的出现是小说家虚构，之前在高文秀的杂剧《刘玄德独赴襄阳会》中还没有伊籍这个人，但此人出场与鸿门宴之项伯有异曲同工之妙。不过，史家说法是刘备自己发觉情况不对，《先主传》裴注引《世说新语》曰：

> ［刘］备屯樊城，刘表礼焉，惮其为人，不甚信用。曾请备宴会，蒯越、蔡瑁欲因会取备，备觉之，伪如厕，潜遁出。所乘马名的卢，骑的卢走，堕襄阳城西檀溪水中，溺不得出。备急曰："的卢，今日厄矣，可努力！"的卢乃一踊三丈，遂得过。

不消说，小说中马跃檀溪就是从这里来的。有意思的是，刘备之"伪如厕"，与鸿门宴"沛公起如厕"如出一辙，此类细节或许是一种无意识的追效，却亦带有很强的暗示性：作为汉室之胄的刘备落逃之际亦有高祖之风。

## 三

《三国演义》叙述刘备一再蹉跌，磨难多多，用以表现其困蹙中的帝王之相，因而刘备遭遇鸿门宴亦最多。

另有几次，都是险遭东吴周瑜算计。第四十五回，周瑜请刘备来商议破曹之事，遂传密令："如玄德至，先埋伏刀斧手五十人于壁衣中，看吾掷杯为号，便出下手。"席间，因关羽在刘备身后"按剑而立"，周瑜始终未敢动手。后边第五十四回，周瑜又出绝招，以孙权之妹设美人计，骗刘备来东吴招亲，以逼其归还荆州。诸葛亮料到孙权不安好心，让赵云一到南徐便四处宣扬招亲之事，吴国太得知非要亲见刘备不可，这便有甘露寺设宴相亲一幕。事前，按吕范计议，命三百刀斧手埋伏于方丈两廊，"若国太不喜时，一声号举，两边齐出，将他拏下"。幸而吴国太见了刘备十分喜欢（吉人自有天助），刘备趁机向国太哭诉："廊下暗伏刀斧手，非杀备而何？"这让国太很没面子，挨个骂了孙权和手下一班人，那些刀斧手皆抱头鼠窜而去。

其实，之前元杂剧亦有周瑜以宴飨设计刘备的故事，就是朱凯（一作无名氏）的《刘玄德醉走黄鹤楼》。戏中说周瑜在黄鹤楼安排筵席，请刘备过江来赴碧莲

建安二十六年

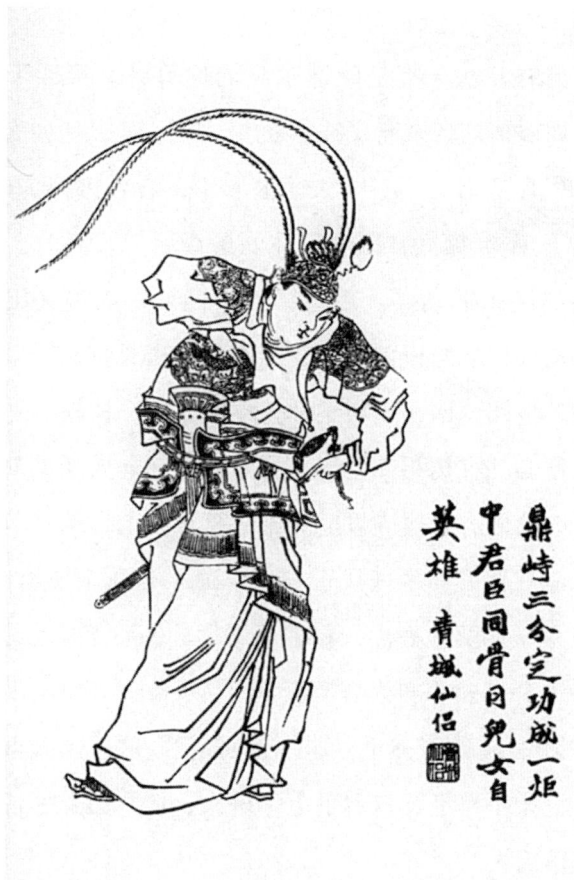

周瑜像

伏甲设馔，掷杯为号

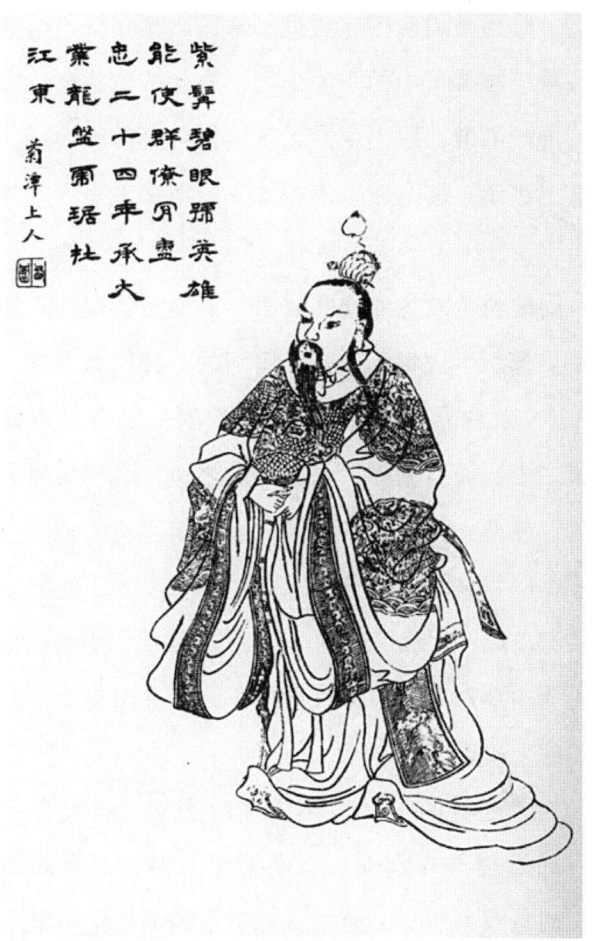

孙权像

会,拟于席间加害。刘备不信周瑜能将黄鹤楼安排成战场,结果被周瑜困在楼里。幸赖诸葛亮派人给刘备送去藏于拄拂子中的东吴令箭,刘备按诸葛亮信中之计将周瑜灌醉,取出令箭,下楼佯称元帅已放行,骗过守卫逃走。这个故事未被《三国演义》采入,其原型出于《三国志平话》卷中。

周瑜诱杀刘备的这些故事,虽属文学虚构,却织入了史家叙事逻辑,乃基于周郎的一种战略考量。如《吴志·周瑜传》载录他上疏孙权的一段话:"刘备以枭雄之姿,而有关羽、张飞熊虎之将,必非久屈为人用者。愚谓大计宜徙备置吴,盛为筑宫室,多其美女玩好,以娱其耳目,分此二人,各置一方,使如瑜者得挟与攻战,大事可定也。"赤壁大战后,周瑜已将刘备视为主要对手,但孙权更担心北方曹操势力,并未采纳这个建议。

刘备还有两次疑似鸿门宴的遭遇,虽说有惊无险,却是很有戏剧性。小说第十六回,吕布劝说袁术、刘备双方罢兵,请刘备和袁术的大将纪灵来寨中饮宴,以辕门射戟让两家作和。当吕布吩咐左右"取我戟来",气氛陡然紧张,"纪灵、刘备尽皆失色",

不知这要演的哪一出。有意思的是，辕门射戟这等游戏关目，竟未是小说家原创，《后汉书》《通鉴》诸史都有记载。只是陈寿《魏志》的说法刘备并未在座，吕布是以劝说纪灵而已。

还有第二十一回，刘备在许昌下处后园种菜，以为养晦之计。一日，许褚、张辽引数十人闯入园中，说是丞相请刘备即刻去相府，这阵势就让人心惊肉跳。一见面，曹操便是当头一句："在家做得大好事！"唬得刘备面如土色（毛宗岗评曰："吓杀！读者至此，必谓衣带诏泄矣。"）原来不过是饮酒聊天，闲闲雅雅而已。但随后一番煮酒论英雄的话题并不轻松，历数袁术、袁绍、刘表、孙策、刘璋、张绣、张鲁、韩遂诸辈，在曹操眼里都不够分量，最后老曹一语道破："今天下英雄，唯使君与操耳。"刘备一听吓得不轻，"手中所执匙箸，不觉落于地下"。幸好此际雷声大作，替他掩饰过去。就故事性而言，这类情节想来应是小说家杜撰，却偏偏亦是源自史家叙事，见于《蜀志·先主传》及裴注所引《华阳国志》。不过，小说特意写了关羽、张飞"冲突而入"，佯称特来舞剑助兴。曹操笑曰："此非鸿门宴，安用项庄、项伯乎？"

转而又以"二樊哙"打趣。虽说没有刀斧手，却拿鸿门宴的典故说事儿，实是摆在刘关张心理上的一道坎儿。其实，这段故事在元无名氏杂剧《莽张飞大闹石榴园》中就是曹操谋诛刘备的鸿门宴，之前《三国志平话》已有类似叙述，只是因为关羽、张飞闯入石榴园，使操计未能得逞。

除了刘备屡遭鸿门宴，关羽也曾两次身陷饭局险境。小说第二十七回，关羽千里护嫂，行至沂水关，守将卞喜在关前镇国寺设宴招待，"埋伏下刀斧手二百余人，诱关公至寺，约击盏为号，欲图相害"。幸得寺僧普净示意关公有诈，使之及早出手，终于安然脱身。这普净跟刘备襄阳会上的伊籍具有同样的角色功能，自是吉人自有天助。其实大可放心，关公被后人奉为神祇，自然不会栽在卞喜这等无名鼠辈之手。

第六十六回的单刀会可谓鸿门宴叙事的千古绝唱。因孙权逼鲁肃讨还荆州，鲁肃设宴邀关羽来陆口赴会——"若云长肯来，以善言说之；如其不从，伏下刀斧手杀之。如彼不肯来，随即进兵与决胜负，夺取荆州便了。"关羽明知有诈，偏是单刀赴会，席间谈笑自若，进退自如。这里完全是表现关羽的英雄气,直抒其忠勇、刚毅与刚愎自矜。最后关公登船而去,鲁肃那副魂不附体的痴呆样儿真是自取其辱。单刀会一事,史书略有记述,原本不是什么鸿门宴。《吴志·鲁肃传》谓:"[鲁]肃住益阳,与[关]羽相拒。肃邀羽相见,各驻兵马百步上,但诸将军单刀俱会。"这是在中间地带的会谈,没有刀斧手,没有宴飨,怕是盒饭都没有。会谈结果是吴蜀双方以湘水为界分割荆州。不过,将"诸将军单刀俱会"变成关羽的个人秀场,亦非小说家原创,小说基本上是复制关汉卿《关大王单刀会》的剧情。

四

玩弄饭局伎俩是东吴人的擅长,自己窝里斗更是这一套。东吴建兴二年(253),孙峻借少帝孙亮名义设馔谋诛大将军诸葛恪,《吴志·诸葛恪传》记述甚详:

> 孙峻因民之多怨,众之所嫌,构[诸葛]恪欲为变,与[孙]亮谋,置酒请恪。恪将见之夜,精爽扰动,通夕不寐。明将盥漱,闻水腥臭,侍

者授衣,衣服亦臭。恪怪其故,易衣易水,其臭如初,意惆怅不悦。严毕趋出,犬衔引其衣。恪曰:"犬不欲我行乎?"还坐,顷刻乃复起,犬又衔其衣,恪令从者逐犬,遂升车……及将见,驻车宫门,峻已伏兵于帷中。恐恪不时入,事泄,自出见恪曰:"使君若尊体不安,自可须后,峻当具白主上。"欲以尝知恪。恪答曰:"当自力入。"散骑常侍张约、朱恩等密书与恪曰:"今日张设非常,疑有他故。"恪省书而去。未出路门,逢太常滕胤,恪曰:"卒腹痛,不任入。"胤不知峻阴计,谓恪曰:"君自行旋未见,今上置酒请君,君已至门,宜当力进。"恪踌躇而还,剑履上殿,谢亮,还坐。设酒,恪疑未饮。峻因曰:"使君病未善平,当有常服药酒,自可取之。"恪意乃安。别饮所赍酒。酒数行,亮还内。峻起如厕,解长衣,著短服,出曰:"有诏收诸葛恪!"恪惊起,拔剑未得,而峻刀交下。张约从旁斫峻,裁伤左手,峻应手斫约,断右臂。武卫之士皆趋上殿,峻曰:"所取者,恪也。今已死。"悉令复刃,乃除地更饮。

伏甲设馔，掷杯为号

孙峻谋杀诸葛恪（《三国演义》清初大魁堂本插图）

陈寿撰史笔墨尚简，但叙述此事却不惮其烦，饭局前即以一系列异象为征兆，暗示将有杀身之祸。其"通夕不寐"以下，以若干层次详加铺叙：（一）晨起盥洗，水腥臭，衣服亦臭，其"惆怅不悦"，却未意识到是噩兆；（二）出门时"犬衔引其衣"，这让他有所警惕，反身坐下，旋而又出，又是家犬衔衣；（三）车至宫门，孙峻亲自出来打招呼，试图消除他的疑虑；（四）有人通报"今日张设非常，疑有他故"，他决定返回，却因滕胤劝说，转念硬着头皮进宫；（五）筵席上担心酒中下毒而迟迟未饮，孙峻表示他可取自家常服药酒，这让他有了安全感；（六）酒过数巡，显然已心安，这时孙亮起身入内，孙峻换了短装打扮，这就动手了。

陈寿这般书写，很有小说家笔致，写出了诸葛恪性格的多重侧面：忌惮，疑惧，踌躇不定，却又十分自负。撰史者无须另作评骘，叙述即以表明：如此患得患失，死于饭局阴谋，亦自顺理成章。诸葛恪死后，孙峻为丞相大将军，但三年后就暴病而亡，其从弟孙綝代知朝政。永安元年（258），孙綝废孙亮，立孙休为帝。但他万万没有想到，被自己扶上位的孙休转而就把他给灭了。当然，亦是饭局上的把戏，孙休将此事托付老臣丁奉、张布，于年末腊会动手。《吴志·孙綝传》谓：

> 永安元年十二月丁卯，建业中谣言明会有变。綝闻之，不悦。夜大风，发木扬沙，綝益恐。戊辰腊会，綝称疾，[孙]休强起之，使者十余辈。綝不得已，将入，众止焉。綝曰："国家屡有命，不可辞。可豫整兵，令内府起火，因是可得速还。"遂入，寻而火起，綝求出，休曰："外兵自多，不足烦丞相也。"綝起离席，[丁]奉、[张]布目左右缚之。

这跟五年前孙峻诛诸葛恪如出一辙。《三国演义》记述东吴这两次窝里斗的鸿门宴，几乎照搬陈寿的笔墨，分别见于第一百零八回和一百十三回。

## 五

以宴飨谋诛不独东吴一方，蜀汉亦有。《三国演义》第十七回，刘备诛韩暹、杨奉便是伏甲设馔。此

## 建安二十六年

事未见具体描写,只是刘备向曹操口头概述——"乃设一宴,诈请议事,饮酒间掷盏为号,使关、张二弟杀之。"这不能说尽是小说家虚构。《蜀志·先主传》简述曰:"杨奉、韩暹寇徐、扬间,先主邀击,尽斩之。"句中"邀击"是途中拦击的意思,不是伏甲以飨。但《魏志·董卓传》裴注引《英雄记》曰:"[刘]备诱[杨]奉与相见,因于坐上执之。[韩]暹失奉,势孤,时欲走还并州,为杼秋屯帅张宣所邀杀。"所诱杀只是杨奉一人,但既是刘备诱之,执于坐上,小说家演绎成饭局亦较合理。按《后汉书·董卓传》,此事当在建安二年(197),所述与《英雄记》略同。刘备诱杀杨奉、韩暹,大抵是投靠曹操的投名状,因曹操移驾许昌,杨、韩阻拦不成,便投奔袁术,成为老曹肘腋之患。

小说第六十二回,刘备入西川,涪水关(又作涪城)守将杨怀、高沛趁劳军之机欲刺杀刘备,被庞统识破,帐中饮酒时让刘封、关平拿下。按此叙述,可以说是一次反客为主的鸿门宴。但《蜀志·先主传》的说法是,此际刘备已与刘璋翻脸:"[刘]璋敕关戍诸将,文书勿复关通先主。先主大怒,召璋白水军督杨怀，责以无礼，斩之。"（白水在今四川青川县，跟小说中涪水、涪城并非一处。先主传只说斩杨怀一人，庞统传作"斩杨怀、高沛"）小说将刘备斩杨怀、高沛一事改写为被动行为，大抵是维护其长厚形象。但据赵一清《三国志注补》卷三十二引述，明显是刘备设计的饭局，即《太平御览》卷三百四十六引《零陵先贤传》曰：

> 刘璋请刘备，璋将杨怀数谏。备请璋子祎及怀。酒酣，备见怀佩匕首。备出其匕首，谓曰："将军匕首好，孤亦有，可得观之？"怀与之。备得匕首，谓怀曰："汝小子，何敢间我兄弟之好邪？"怀骂言未讫，备斩之。

刘备取西川，说到底是鸠占鹊巢（更是同室操戈），但小说家为顾及刘备形象，之前第六十至六十一回，特意虚构了刘备制止手下谋刺刘璋的鸿门宴。在涪城的宴会上，庞统、法正擅自做主，埋伏大批武士，让魏延、刘封登堂舞剑，伺机动手。可这边一上场，刘璋手下诸将亦掣剑而出，结果刘备喊破嗓

# 建安二十六年

刘备斩杨怀高沛（《三国演义》清初大魁堂本插图）

子才将两边喝止。

比较奇怪的是，史书上曹魏一方居然没有鸿门宴一类记载，《三国演义》亦仅见第二十三回所述一事。此回写道，因国舅董承家仆秦庆童告密，衣带诏事发，曹操先拿下太医吉平，又设宴请众大臣饮酒，扣押了王子服等四人。翌日在董承家搜出衣带诏及义状，便将董承、王子服等并全家老小尽数处斩。小说叙述的夜宴场景中，还有吉平当众受刑的描述，十分残酷。曹操杀董承等人，事在《魏志·武帝纪》建安五年，但陈寿笔下并无宴饮之说。其实，曹操对付董承、王子服那些人不需要鸿门宴这套繁文缛节。

在陈寿笔下，曹操是"总御皇机，克成洪业"的圣明之主，对他来说，伏甲设馔这套把戏未免太不体面。小说要刻画曹操的奸诈，煮酒论英雄一节却不取元剧《大闹石榴园》的鸿门宴思路，显然是因为这不符合曹操的性格。小说中让刘备寄身曹营多时，是以表现曹操奸诈之中尚有雄迈、包容之概。

曹操自己不以饭局谋诛，却对这类饮馔杀局颇为警惕。小说第四回写曹操怀疑吕伯奢不轨，首先与饭局有关——他们二人一到庄里，吕伯奢便骑驴往西村沽酒。陈寿《魏志·武帝纪》自然不书杀吕之事，但"太祖乃变易姓名，间行东归"句下，裴注引《魏书》（鱼豢）、《世语》和《杂记》三条，可证此事并非无中生有。其中孙盛《杂记》一条曰："太祖闻其食器声，以为图己，遂夜杀之。既而悽怆曰：'宁我负人，无人负我！'"小说写曹操"忽闻庄后有磨刀之声"，便心生疑窦，让曹操直接做出应激反应。在《杂记》提供的原初叙事中，"闻其食器声，以为图己"（是"食器声"，不是"磨刀声"），其误判是因为宴飨之联想，这里明显带有鸿门宴的隐喻意味。

## 六

作为一种计谋套路，伏甲设馔的鸿门宴反映着一种微妙的博弈关系。设馔一方自然掌控大局，但并不具有压倒性的力量优势，或者出于其他考虑，不便直接向对方诉诸武力，所以才有这种诱其入彀的套路设计。其实，这种套路不难识破，像诸葛恪、孙綝赴宴之前都感觉不妙，碍于主上招饮不得不去，却又过于自矜而心存侥幸，以为人家不敢拿他怎么样。关羽单刀赴会亦明知是计，他倒是存心要显示睥睨"东吴群鼠"的骄矜，借以宣示"荆州本大汉疆土"之合法性。从这个意义上说，单刀会是所有鸿门宴的一个反例。

刘备一再身陷宴飨杀局，自是缺乏防范之心，但不能据此定义为愚蠢和自负，在汉语书写中这是塑造人主宽厚形象的一种手法。刘备每次都能安然脱身，或托庇于诸葛亮、关羽、赵云等一干忠臣良将，或有伊籍那样的第三方相助，亦印证得道者多助的道理。陈寿认为刘备"盖有高祖之风"（只是"机权干略，不逮魏武"），其每每绝处逢生，又不乏良才襄赞，确亦颇似其先祖刘邦。

太史公的鸿门宴叙事，不仅留下诡道机关的典故，亦开创了一种历史和文学的书写模式。刘邦从险境中全身而退，作为饭局历险记的标准路径，适用于一切圣明之主和贤良之辈。确实，无论春秋战国，还是汉末三国，能于鸿门宴安然脱身的人物都是英雄之器。英雄或死于战场，或死于谗言，或死于莫须有，但绝不能执盏之际死于刀斧之下。伏甲设馔，掷杯为号，这古老的杀戮圈套在读者眼里是拙劣的诡术，对书写者而言却是汰选法则。所以，饭局上被擒杀的绝非安邦定国之才，不是颟顸无能就是刚愎自用——他们既已出局，不可能再有治国平天下的戏码。

杯盏是否掷下，人头是否落地，就看谁跟谁斗了。无论史家撰史，还是小说家讲史，都植入这样一个后设叙事逻辑。

2019年4月19日记

原刊《中华读书报·文化周刊》2019年7月11日

# "丈八蛇矛"及其他

## 丈八蛇矛

《三国演义》第一回,刘关张桃园结义后,准备投奔刘焉,参加进剿黄巾军的战事。三人找良匠打造兵器,张飞造的是"丈八点钢矛",又称"丈八蛇矛"。小说交代张飞身长八尺,那杆长矛竟达一丈八尺(按东汉尺约计4.23米,详下),比他两人还高。这如何能耍弄起来?人和器械显然不成比例。

据百度百科"丈八蛇矛"词条释义,此谓"丈八"并非一丈八尺,而是一丈零八寸。具体说是矛杆长一丈,矛头部分长八寸。不但百度百科,网上许多文章(帖子)都这么解释。按此说法,这件兵器长度就显

建安二十六年

张飞像

得比较合理。但是，从语义上说，"丈八"一语不能这么理解——既是以"丈"为计量单位，其余数自是按尺而论，而不是寸。如俗谚"丈二和尚摸不着头脑"，以"丈二"形容和尚身量巨高，当然是概乎言之，不至于精确到寸。

张飞手里的家伙长达"丈八"，原出《三国志平话》上卷。《三国志平话》叙说张飞虎牢关单战吕布，谓其"手持丈八神矛"。元杂剧三国戏沿袭了"丈八"之说，如郑光祖《三战吕布》，张飞唱道："不是张飞夸大口，则你那方天戟难敌丈八矛。"无名氏《单战吕布》亦有这般唱词："我和他当场打话，统着这丈八长枪。"再如关汉卿《单刀会》、无名氏《桃园三结义》《三出小沛》《大闹石榴园》等剧目，亦均有"丈八矛/丈八枪"之语。可见，在《三国演义》之前，"丈八"已是张飞那件兵器的额定长度。

值得注意的是，《三国志平话》同样交代了吕布使用的兵器，称其"使丈二方天戟"。吕布的"丈二"与张飞的"丈八"出于同一文本，如果说张飞的矛头部分长八寸，那么吕布的戟刃部分岂非短至二寸？作为兵器刃部，八寸尚勉强说得过去，二寸绝无可能。

显然，这"丈二"亦绝非一丈零二寸。《三国志平话》又谓，吕布手下的李肃"使一条丈五倒须悟钩枪"，其枪头若只是五寸亦不堪使用。

需要说明，古今量制不同。按丘光明《中国历代度量衡考》（科学出版社1992年版）给出的汉尺量值（西汉尺和新莽尺为23.1厘米，东汉尺为23.5厘米），大约折合今之市尺七成左右。而白云翔《汉代尺度的考古发现及相关问题研究》（《东南文化》2014年第2期）根据墓葬实物，认为汉尺实际上稍小于丘书给出的量值（西汉和新莽时期是23厘米；东汉尺标准可定为23.4厘米）。姑按东汉尺量值计算，吕布"丈二方天戟"戟刃部分若以二寸解释，那还不到五厘米长，不及一柄袖珍小刀。可见，这"丈"之余数只能以"尺"而论，不可能是"寸"。

当然，这里须考虑到叙述主体的历史环境，《三国志平话》《三国演义》都出现于宋元以后，或以为说书人和小说家采用了当时的计量标准，因为宋元以后尺的单位量值大大加码，约略接近今制。可是，即便按今之市尺（约合33.3厘米），二寸长的戟刃也不足七厘米。还有，更加说不通的是，若按宋元量制，吕布

## "丈八蛇矛"及其他

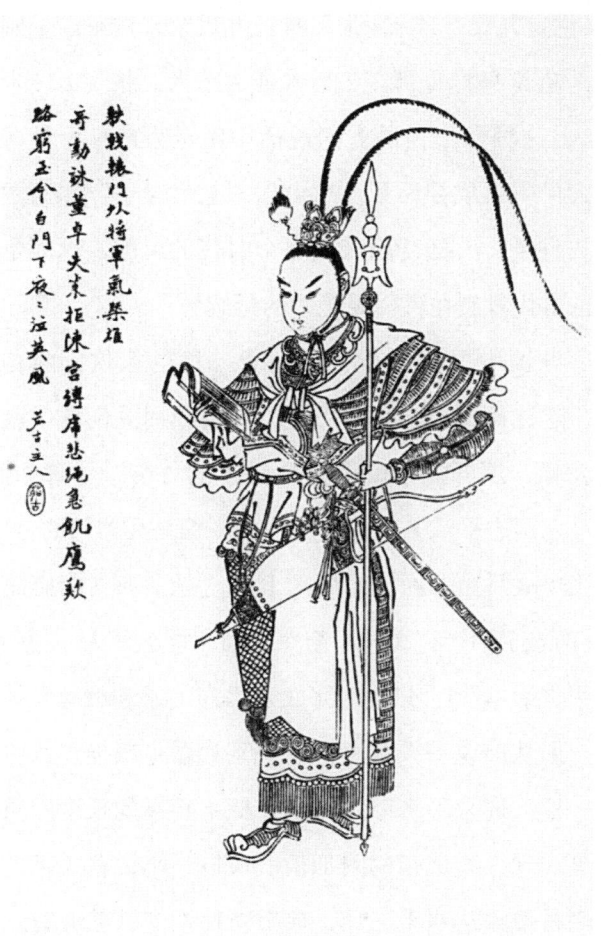

吕布像

身高就达三米以上了。《三国志平话》说吕布身长一丈（又说是九尺二寸），张飞身长九尺余，按东汉量制均已是超长身材（吕布2.35米或2.16米，张飞2.11米以上），这种夸张在讲史的说话中不足为奇，可是再要加大尺码就成神话了。后世以"七尺汉子"作为常人挺拔身量，大抵袭用张飞那个时代的尺度，这亦足以印证古代量制在世俗观念中的延续。

　　身长一丈的吕布手持一丈二尺的家伙，两相对照，这比例倒也相称。可是张飞持矛而立的样子就比较发噱，那杆蛇矛就像是粘知了的竹竿。尽管如此，在《三国志平话》叙说的对阵中，偏是兵器长的占优，张飞单战吕布那回，大战六十合，"杀吕布绷旗掩面"。《三国志平话》行文过于简率窳陋（鲁迅疑为"说话人所用之话本"），只是对张飞、吕布的矛和戟有具体介绍。但从前说书人和小说家说到兵器也跟描述武将身高一样，通常不吝夸张之语，似乎兵器的长度跟重量都是表现人物威猛的附加值。所以，小说里关羽的青龙偃月刀重达八十二斤，典韦所使两支铁戟亦有八十斤重（汉末三国时一斤略等于今制半市斤）。之前关汉卿《单刀会》（脉望馆钞校本）有台词"青龙偃月刀，九九八十斤"（原文如此），这也许是关羽兵器的原初描述。小说对关羽的大刀言其重，对张飞的蛇矛则言其长，自是一种骈语修辞。

说话、杂剧和小说尽有夸张之笔，按说都是常规的文学修辞。不过，"丈八蛇矛"和"青龙偃月刀"偏是有着不同的文本来源，出于完全不同的叙事动机。张飞使用的那种兵器并非源自说话人和文学家之艺术想象，早在宋元说话之前就见诸史家记载。《晋书·刘曜载记》叙说前赵叛将陈安之勇猛，有谓："[陈]安左手奋七尺大刀，右手执丈八蛇矛。近交则刀矛俱发，辄害五六；远则双带鞬服，左右驰射而走。"这大概是"丈八蛇矛"的原始出处。《晋书》乃初唐房玄龄等人编纂，其载记部分关于前赵的史实大率取之和苞《汉赵记》（已佚）。和苞作为刘曜的史官，记述当日事况自然被认为可信度极高。李白《送外甥郑灌从军之二》所云"丈八蛇矛出陇西"，说的就是陈安手中的家伙。

陈安的"七尺大刀"，想来端部有手柄，不同于关羽那种带有长柄的大刀。可以想象，此人拎着足有一人之长的大刀在马背上驰骋，真是够威猛。当然，

建安二十六年

关羽横刀立马石刻像

# "丈八蛇矛"及其他

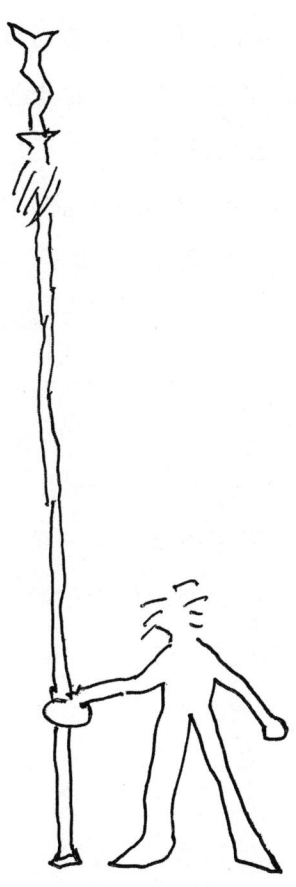

丈八蛇矛（持矛者与器械之比例）

更夸张的是另一手又执"丈八蛇矛",还能左右驰射。《刘曜载记》谓:陈安被刘曜困于陇城,继而转入陕中深山,交战中蛇矛被夺,终而丧命涧曲。他死后,陇上歌谣曰:"陇上壮士有陈安,驱干虽小腹中宽,爱养将士同心肝。骢骢父马铁瑕鞍,七尺大刀奋如湍,丈八蛇矛左右盘,十荡十决无当前。战始三交失蛇矛,弃我骢骢窜岩幽,为我外援而悬头。西流之水东流河,一去不还奈子何!"又谓:"[刘]曜闻而嘉伤,命乐府歌之。"

以陈安之殇,写尽刘曜之虓勇与人情,自是史家笔法。这首《陇上歌》流传甚广,被载入《艺文类聚》《太平御览》,亦收入《乐府诗集》等诗歌总集。

说话人和小说家玩虚构玩夸张以取悦受众,而史家的预设读者首先是帝王,帝王需要想象与建构,这便有了驰骋文字的叙述动力。所以,史官的载述有时就是比文学更文学。

## 说到曹操,曹操就到

三国故事衍生许多民谚、俗语和歇后语,常为国人拿来说事儿,其中自然包含某些事理和认知。如

"刘备摔孩子",如"周瑜打黄盖",又如"赔了夫人又折兵""司马昭之心——路人皆知",等等。这背后都有一番故事,大多见于《三国演义》,亦有出自史书记载(如"司马昭之心"见于《魏志·三少帝纪》裴松之注引《汉晋春秋》)。至于"大意失荆州""蜀中无大将,廖化作先锋"之类,则是从小说叙事中概括的理则。

不过,这些跟三国有关的泛民间语汇并非完全出自各类体裁的三国文本,其中相当一部分是接受层面的话语生成。譬如:"事后诸葛亮""关公门前耍大刀"一类,非但跟三国故事毫无关系,也不能说是故事的推衍,而是将人物作为类型符号,代入某种行为现象。尤其关于张飞的众多歇后语:"张飞绣花——粗中有细""张飞穿针——大眼瞪小眼""张飞吃秤砣——铁了心""张飞吃豆芽——小菜一碟"……这些民间谑语描述的张飞,只是作为某种特征的借代,完全是历史和文学文本之外的意义生成。

在所有与三国有关的民间语汇中,有一个流传很广的俗语,就是"说到曹操,曹操就到"。这话的意思很明白,现在有一种网约车就叫"曹操专车",无非是说手机一招呼它就来了。其实，此语也不甚明白，曹操何时成了跑腿的马仔？主要有两点让人困惑：一是其来由不明；二是难以确证其字面表意究竟跟曹操有何关系。

网上许多文章都认为，这个说法来自《三国演义》第十四回所述曹操迎驾的故事（包括百度百科词条）。小说这一回，杨奉、董承护驾至洛阳，李傕、郭汜的追兵渐至，献帝按太尉杨彪奏议，派人去山东召曹操入京勤王，同时准备起驾往山东进发。曹营谋士荀彧原本已想到"奉天子以从众望"这步棋（自是"挟天子以令诸侯"的意思），所以曹操接诏后即刻起兵赶往洛阳。这边銮驾刚出帝都，曹操的先头部队已及时抵达，献帝不由赞曰："曹将军真社稷臣也！"

可是，将此作为"说到曹操，曹操就到"之来由，怎么看都有些牵强。

细察"说到……就到"这语式，分明含有偶忽性和即时性特点。曹操既是奉旨迎驾，这就说不上是一种巧合。再者，曹操的人马既是从山东赶过来，实非一天两天工夫。按，汉末三国所称"山东"，通常指崤山以东地区，但小说里却未可如此解释，因为洛阳即在崤山以东。之前叙说曹操在定陶大破吕布,平定山东云云,可见那是金元以后的地理概念(大致包括今山东及河南、江苏一部分)。参照《魏志·武帝纪》,曹操与吕布的战事正是在兖州诸郡县。《武帝纪》又谓,曹操迎天子之前已"军临武平",武平在今河南鹿邑县,那地方距离洛阳也不近(如今走高速公路有三百四十多公里)。如此长距离赴援,虽说按古人叙事观念亦有即时性处理的办法,譬似戏曲舞台上跑圆场作时空压缩,但关键是,书中并未由此归纳出"说到曹操,曹操就到"的意思。

相反,小说家倒是逐次描述曹操迎驾的阵势,意在展示这支勤王之师的阵容与礼仪。正如毛宗岗评点中所概括——"马军先到,步军继至,然后大队人马到。写曹操来得(的)声势。"曹操本人则不疾不徐,次日在城外安营扎寨后才去觐见献帝。

其实,"说到曹操,曹操就到"这话不是没有出处,出处就在《三国演义》第十二回,毛宗岗评点引用的一句民谚。此回写濮阳大战,曹操逃命时撞上杀入城内的吕布,吕布拿戟敲着曹操的头盔问"曹操何在",曹操急中生智,说就是前边骑黄马的,引开了

建安二十六年

迁銮舆曹操秉政(《三国演义》清初大魁堂本插图)

## "丈八蛇矛"及其他

吕布。毛宗岗评曰:"见了曹操,反问曹操……谚云'方说曹操,曹操就到',当面错过,岂不好笑。"不过需要指出,其出处不一定就是生成之由。毛宗岗这里只是取譬,并非据叙述情节发明此义。既是"谚云",之前民间早已有此说法。

"说到曹操,曹操就到"这句话究竟由何处生成?实是一个需要探讨的问题。以为此语出自曹操迎驾的说法,显然忽略了一个重要的生成条件,那就是"说到……就到"这种语式乃经验反映,缘于人物行为的某种规律性特点。譬如,有一句歇后语:"刘备的江山——哭出来的",便是对刘备行为的经验归纳,其危急之中大凡少不了抹眼泪的情形。同样的行为或场景,数三数四地反复出现,在受众的知觉中就形成了某种模式,亦即杜夫海纳所说的"归纳性的感性"。

说回到曹操,不妨看一下,小说里曹操有过哪些一再出现的即时反应的偶忽之举?大约有两种情况:一是兵败之际往往仰天大笑(如濮城、华容道、渭水等处),那些诸如割须弃袍的逃生经历,大凡印证了"天不灭曹"的俗语,跟"说到……就到"无关。这里

## 建安二十六年

要考虑的另一种情形,譬如以下几例——

第二回,何进欲尽诛宦官,召集诸大臣在府中商议。座上一人挺身而出,曰:"宦官之势,起自冲、质之时,朝廷滋蔓极广,安能尽诛?倘机不密,必有灭族之祸,请细详之!"何进叱曰:"汝小辈安知朝廷大事!"

也是第二回,因太后阻拦,何进不便向十常侍下手,袁绍出主意召外镇进京。主簿陈琳认为此举将"倒持干戈,授人以柄,功必不成,反生乱矣",被何进斥为懦夫。这时旁边一人鼓掌大笑,其人正是曹操,认为剪除十常侍何必大费周章,"但付一狱吏而已"。何进不听曹操,结果引狼入室,酿成董卓之祸。

第四回,王允假借寿宴召集大臣议事,说起社稷将丧于董卓之手,众官皆哭。这时座中一人,独抚掌大笑,曰:"满朝公卿,夜哭到明,还能哭死董卓否?"王允抬眼一看,嘲笑众官者亦正是曹操。此际曹操已有刺卓之念,王允便避席授之七宝短刀⋯⋯

这几个例子自然不能简单地归纳为"说到……就到"的模式,但合而观之,无疑给人这样一种感觉:说到紧要之处,曹操就出现了。或挺身而出,或抚掌大笑，招引了所有的目光。作为民间俗语的"说到曹操，曹操就到"，莫非就是由此导出的语义讹变？

## 十八路诸侯

《三国演义》第五回写曹操发矫诏讨伐董卓，袁绍引兵来与会盟。书中开列十七镇诸侯，分别是：第一镇，后将军南阳太守袁术；第二镇，冀州牧韩馥；第三镇，豫州刺史孔伷；第四镇，兖州刺史刘岱；第五镇，河内太守王匡；第六镇，陈留太守张邈；第七镇，东郡太守桥瑁；第八镇，山阳太守袁遗；第九镇，济北相鲍信；第十镇，北海太守孔融；第十一镇，广陵太守张超；第十二镇，徐州刺史陶谦；第十三镇，西凉太守马腾；第十四镇，北平太守公孙瓒；第十五镇，上党太守张杨；第十六镇，乌程侯长沙太守孙坚；第十七镇，祁（邟）乡侯渤海太守袁绍。加上曹操的人马，正好是十八镇。但严格说，曹操不能算是一镇。所谓"镇"是指方镇，即掌握一方军政的长官。曹操刺卓未成，潜逃后已暂时脱离体制，不像其他州郡大佬掌握地方兵力财力，他是自掏腰包（并有某孝廉以家资相助）募集义兵而来。

所以，小说此回并未出现"十八镇诸侯"字样，而是写作"十八路诸侯"——"吕布英勇无敌，可会十八路诸侯，共商良策。"在吕布大胜王匡等先头八镇诸侯后，这话自曹操嘴里道出，自然计入他自己这一路。书中将一方人马称作一路，自是考虑到曹操身份，只能这样处理。

发矫诏讨卓是曹操生平大事，《魏志·武帝纪》叙述甚详。有谓："初平元年春正月，后将军袁术、冀州牧韩馥、豫州刺史孔伷、兖州刺史刘岱、河内太守王匡、渤海太守袁绍、陈留太守张邈、东郡太守桥瑁、山阳太守袁遗、济北相鲍信，同时俱起兵，众各数万。推［袁］绍为盟主，太祖行奋武将军。"这里只是开列了十路诸侯，对照小说中的名单，第九镇济北相鲍信以下只列入渤海太守袁绍，连同曹操凡十一路。

再看《后汉书·袁绍传》："初平元年，［袁］绍遂以渤海起兵，与从弟后将军术、冀州牧韩馥、豫州刺史孔伷、兖州刺史刘岱、陈留太守张邈、广陵太守张超、河内太守王匡、山阳太守袁遗、东郡太守桥瑁、济北相鲍信等同时俱起，众各数万，以讨卓为名。绍与王匡屯河内，伷屯颍川，馥屯邺，余军咸屯酸枣，约盟，遥推绍为盟主。"这里比《魏志·武帝纪》的名单多了一个广陵太守张超。其中未提曹操，盖因曹操未领州郡。

张超乃张邈之弟，亦确实加入反卓之盟。《魏志·臧洪传》记述张氏兄弟在酸枣会面，计议"诛除国贼"。此番枹鼓动议出自"海内奇士"臧洪，他们又联络兖州刘岱、豫州孔伷，五人歃血而盟，推臧洪为盟主，纠合义兵，立誓共赴国难。这个以臧洪为核心的五人阵线不同于响应曹操发矫诏的诸镇联盟，后者以袁绍为盟主，二者显然是两回事。但是二张和刘、孔四人却在以上《武帝纪》《袁绍传》所列诸镇名单中（《魏志·张邈传》更有"董卓之乱，太祖与邈首举义兵"之说），这或是史家记述之舛互。需要说明，这哥几个并未真的跟董卓的人马交锋，传中臧洪一番"辞气慷慨，涕泣横下"的演说之后，又谓："顷之，诸军莫适先进，而食尽众散。"

综核《武帝纪》《袁绍传》两份名单，尚漏缺两路诸侯，即上党太守张杨和长沙太守孙坚，二人事略各见《魏志》《吴志》本传，此不赘述。

从史书上看，并无"十八路诸侯"之说，小说开列的诸镇名单确有凑泊之嫌。例如,孔融明显是小说家拉来凑数。孔融因触忤董卓而迁任北海相,固有嫌隙,但查《后汉书·孔融传》,他并未参与诸镇讨卓之战。同样,陶谦亦未加入此役,《魏志》《后汉书》本传均无相关记载。据《后汉书·朱儁传》,陶谦是在董卓被诛后,李傕、郭汜作乱,"与诸豪杰共推[朱]儁为太师,因移檄牧伯,共讨李傕等",那份联署名单中还有孔融的名字。讨李傕是董卓死后的事儿,小说里却移花接木扯过来了。其实,陶谦等人共讨李傕,也只是发个声明而已,根本就不是什么军事行动。

还有,从《魏志·董卓传》《蜀志·马超传》及裴注引鱼豢《典略》来看,马腾也不可能参与其事。据《后汉书·董卓传》,马腾后于兴平元年攻袭李傕,是因为"私有求于傕,不获而怨",小说则将此事与诸镇讨卓扯到一起。至于书中一再露脸的公孙瓒,亦不在诸镇之列。《魏志》《后汉书》本传于此不见只言片语,其实公孙瓒跟袁绍早已是死对头,岂能加入以老袁为盟主的军事行动。倒是初平二年(即诸镇讨卓第二年),公孙瓒因剿灭黄巾余部有功,还被拜将封侯

（拜奋武将军，封蓟侯），那正是董卓专政时期。

这样算来，当日起兵讨卓应是十四路诸侯。小说里搞成"十八路"，大概是这数字听上去更有声势。古人叙史叙事，数字的表达功能很耐人寻味。如"三顾茅庐""七擒孟获""过五关斩六将"都自有讲究；又如岳飞被十二道金牌召回，倘是换作十一道，好像就不足以显示朝廷的雷霆之威，更不足以表现岳飞之抵抗决心。不过，从叙事角度看，小说家将公孙瓒拉进来自有道理。倘若公孙瓒不在诸镇之列，那么刘备和关羽、张飞就不可能现身虎牢关战场。据《蜀志》刘关张各传，他们确实未尝有这档子事情。按理，诸镇讨卓根本没有他们的戏份——所谓诸镇皆为州郡大佬，而刘备当时只是平原县令，身份低微，亦无多少兵力。然而，文学叙事大可撇开这道门槛。《三国演义》之前，《三国志平话》已经安排刘关张出场，说是曹操奉旨"宣天下二十八镇诸侯"共破董卓（二十八镇更是夸张，此姑不论），途经平原县捎带脚把刘备给忽悠来了。但小说叙事不像说话那样可随意发挥，要让刘关张拿到入场券，顺理成章的办法就是挂靠某方镇大佬。不用说，公孙瓒自然是最合适的人选，因为刘备跟他早有交往。

《三国志平话》描述的刘关张三战吕布和张飞单战吕布，在小说中演化成关公斩华雄和三英战吕布，是非常精彩的段子。虎牢关之战，作为前驱的八镇诸侯皆闹个灰头土脸，唯独刘关张战功卓绝，这是小说家苦心孤诣的安排。书中起先刘关张破黄巾的情节实较单薄，经此一役，这三人形象便是熠熠生辉。

虎牢关大战自然亦属虚构，当时诸镇兵马并未集中一处，与董卓各部的战事亦不尽于一时。关于诸镇屯聚，《魏志·武帝纪》专有说明："是时［袁］绍屯河内，［张］邈、［刘］岱、［桥］瑁、［袁］遗屯酸枣，［袁］术屯南阳，［孔］伷屯颍川，［韩］馥在邺。"《后汉书·袁绍传》所述部署情势亦大率如此。然而，在《三国志平话》和元杂剧三国戏中，各路兵马已聚集虎牢关，形成大规模战斗态势。这是一个了不起的虚构，小说沿袭说话和杂剧的叙事设计，更完美地显示这种手法之妙处。

十八路诸侯会集虎牢关前，用意主要不在于表现场面壮观，而是搭建一个舞台，让各路豪强集中亮相。群雄聚合是一个铺垫，这给"汉末刀兵起四方"

的纷扰之局注入了统率人心的政治目标,那就是所谓"匡扶汉室";其后便是分崩离析的历史动向,诛卓不成,诸镇分化,继而互殴,这表明衰亡之世人心终究难以一统。所以,后边第八回毛宗岗回评中说:"十八路诸侯不能杀董卓,而一貂蝉足以杀之。"

2019年7月19日记
原刊《书城》2019年第9期

# 语词三国

钱锺书《谈艺录·七六》引《随园诗话》"世有口头俗句,皆出名士集中"一条,是谓诗家语亦成民间俗语,所举"今朝有酒今朝醉,明日无钱明日愁""晚饭少吃口,活到九十九"之类,凡十余例。钱氏辨其诗例来源,又厘正若干舛误,旨在溯本求源。至于是否诗家采撷俗语入诗,自亦无以反向考证。其实,这种语义扩散现象不独在诗一方,在小说、戏曲等叙事作品中更是大量存在,如《三国演义》和三国戏衍生的种种謷语廋辞(包括成语、俗语、歇后语等)就是一种特殊的语词现象。

由小说、戏曲导出的口头俗语,源自三国人物故事最多。如说到吕布，既有"三姓家奴"的恶谥，又有"人中吕布，马中赤兔"的赞许。说到关羽，从"千里走单骑""单刀赴会""刮骨疗毒""水淹七军"到"大意失荆州""败走麦城"，真是成也萧何败也萧何。诸葛亮是"舌战群儒""鞠躬尽瘁，死而后已""出师未捷身先死"……至于曹操，你马上就想到"说到曹操，曹操就到"，更有"挟天子以令诸侯""宁教我负天下人，休教天下人负我"乃至"天不灭曹"等种种说法。这些或是采自文本本身，或是传播过程生成的语词和典故，这里姑且称之"传述性语词"，因为这些东西常常见诸人们口语或文字表达。

从这种语言现象来看，在公众传播层面上，三国的影响因子远甚于其他古典名著。譬如，水浒尽管也是家喻户晓，但它生成的譬语廋辞却并不多，像"逼上梁山""替天行道""只反贪官不反皇帝"或是"李逵遇上李鬼"这种俗语，你能举出十个算你厉害。《红楼梦》有"假作真时真亦假"，有"东风压倒西风"，有"刘姥姥进大观园"，有"大有大的难处"，有"百足之虫死而不僵"……可是搜搜刮刮也找不出太多。

建安二十六年

关羽像

语词三国

一

《三国演义》开篇便说"合久必分，分久必合"，看似村儒俗论，却是概括天下大势的周期律。小说家比史家更懂得国人接受心理，以循环论解释历史总有希望所在，风水轮流转，自是超越现实的一种预期，绝对不是福山那种终结论。当然，这类语词并非一概出自三国文本，如"天不灭曹"，作为恶人难除的譬语，实是接受层面生成。曹操屡屡绝处逢生，捉放曹前后已是三度逃生，战濮阳从吕布眼皮子底下溜走，宛城之厄有典韦舍身护卫，华容道幸而遇上念旧的关羽，潼关溃败则是割须弃袍又躲过一劫。曹操不死，自是劫数未尽，劫数亦自被认为是一种规律。赤壁一战，诸葛亮料定曹操兵败必走华容道，偏让与曹操有旧谊的关羽去把守那儿，刘备担心关羽真的会放走曹操，而诸葛亮夜观星象，明知"操贼未合身亡"，是故意给关羽留了这份人情。这不同于民谚"好人不满百，恶人活千年"的无奈之叹，"天不灭曹"好像大有玄机，借天命所示，透出超然于纷纭之局的智慧特点。

建安二十六年

在语词建构的三国剧情中,"挟天子以令诸侯"可以说是事关大局的一句台词。曹操能够结束董卓死后的北方乱局,一个重要因素是将献帝攥在自己手里。其实,车驾流落之初,袁绍的谋士沮授已看到这步棋,《后汉书·袁绍传》记述他给袁绍出主意:"今州城粗定,兵强士附,西迎大驾,即宫邺都,挟天子以令诸侯,蓄士马以讨不庭,谁能御之?"但袁绍另外两个谋士郭图、淳于琼则反对迎驾,认为汉室陵迟,迎天子已无意义。袁绍不出手,结果让曹操抓到了这张好牌。作为民间语汇的"挟天子以令诸侯",既是挟制诸侯的霸凌手段,也带有四两拨千斤那种机巧喻意(捏住了献帝等于掌握了某个枢纽)。

显然,三国叙事的智慧性更多表现为谋略特点,因而这类语词生成亦多。如刘备为麻痹曹操,故意在许昌下处种菜,以为"韬晦之计"。这里所用"韬晦"一语,并非小说自创,《旧唐书·宣宗记》:"历太和会昌朝,愈事韬晦,群居游处,未尝有言。"但毫无疑问,正是《三国演义》使它成为"传述性语词"。一些原本表示小说情节的语词,如"蒋干盗书""借东风""空城计"之类,在民间传述中成为一种谋略性譬语。另外，如"刘备摔孩子""周瑜打黄盖"之类，亦是接受层面生成的譬语廋辞。但这种表达心计与谋略的歇后语在传述中则难免偏离其本义，"周瑜打黄盖"是要诱骗曹操，歇后语之义却是双方愿打愿挨的默契。

说到智谋，人们爱拿诸葛亮说事儿，围绕这位谋略大师的譬语层出不穷，从"初出茅庐""锦囊妙计""诸葛亮吊孝"到"诸葛一生唯谨慎"，再到"事后诸葛亮"，再到"三个臭皮匠顶个诸葛亮"，实际上是对诸葛亮的过度消费。三国的智谋人物不唯诸葛一人，可是有关智谋的语词偏是集中在他身上。为何不以司马懿取譬？当然，这跟三国故事的叙事立场有关，从《三国志平话》到元剧三国戏，再到《三国演义》，诸葛亮一向是"鞠躬尽瘁，死而后已"的忠良形象。杜甫诗中所谓"出师未捷身先死"，更是平添一种悲剧色彩。但同样作为谋略大师的司马懿，却因为是人们不喜欢的反派人物，就被褫夺了智者的身份。

二

在三国"传述性语词"中，跟司马懿相关的语汇很少，"得陇望蜀"算是一条。小说第六十七回，曹

## 建安二十六年

操平定汉中,司马懿建言火速进兵西川,趁刘备立足未稳一举拿下益州。曹操不听,还挖苦说:"人苦不知足,既得陇复望蜀耶?"不过,作为成语的"得陇望蜀",并非出自《三国演义》,原本是汉光武帝自嘲之语。东汉大将岑彭征讨隗嚣、公孙述时,在陇西合围西城、上邽二城,《后汉书·岑彭传》谓:"[光武帝]敕[岑]彭书曰:'两城若下,便可将兵南击蜀虏。人苦不知足,既平陇,复望蜀。每一发兵,头须为白。'"光武之言,乃指示岑彭下一步征伐目标,捎带作自我解嘲。唐人编纂《晋书》时将此语挪到司马懿头上,则是将其作为嘲谑对象。《晋书·宣帝纪》谓:"[司马懿]从讨张鲁,言于魏武(曹操)曰:'刘备以诈力虏刘璋,蜀人未附而远争江陵,此机不可失也。若曜威汉中,益州震动,进兵临之,势必瓦解……'魏武曰:'人苦无足,既得陇右,复欲得蜀!'言竟不从。"显然,小说此节据《宣帝纪》复制而来。

在三国文学叙事中,司马氏父子既是蜀汉的敌人,又背负篡魏的骂名,所以民间又有"司马昭之心——路人皆知"的歇后语。其实,此语亦出自史书记载。《魏志·三少帝纪》记高贵乡公率宫人讨司马昭被杀,"高贵乡公卒,年二十"句下,裴松之注引《汉晋春秋》:"帝见威权日去,不胜其忿。乃召侍中王沈、尚书王经、散骑常侍王业,谓曰:'司马昭之心,路人所知也。吾不能坐受废辱,今日当舆卿自出讨之。'"在后人传述中,"司马昭之心"便是狼子野心昭然若揭的意思。

从司马懿父子擅政到司马炎代魏,民间的说法就是篡魏。史家或许不认为司马氏的操作缺乏合法性——周公居摄,尧舜禅位,古已有之;至于代魏还是篡魏,这种政治伦理问题自有道学家和小说家去究诘。其实,更多的关怀在于大众传述。骂完曹氏篡魏,接着再骂司马氏篡魏,民间的政治正确以忠恪和道义为准则,容易将历史过程约化为好人与坏人的政治。

三

"汉贼不两立"历来是申明政治伦理的热词,这原是诸葛亮转述刘备的说法,出自《后出师表》:"先帝深虑汉贼不两立,王业不偏安。"《三国演义》既以刘备和蜀汉为承祧汉室的合法继承人,亦大体贯穿"汉贼不两立"的叙事立场。在黄巾作乱背景下，小说从刘关张"桃园结义"进入故事，无疑体现了这种意图。异姓结契所包含的忠诚和道义，由此成为政治社团的伦理要则。词语传述如"不求同年同月同日生，只愿同年同月同日死"，如"兄弟如手足，妻子如衣服"等，都是将刘关张休戚与共的兄弟关系作为人格至高境界。还有诸葛亮的"鞠躬尽瘁，死而后已"，则是表白绝对忠诚的政治操守。

当然，汉末三国的政治关系并非黑白分明，涉及政治伦理问题亦有其复杂之处。如关羽"降汉不降曹"，如徐庶"身在曹营心在汉"（另有"徐庶进曹营——一言不发"的歇后语），则是以曲折的方式表达自己的忠恪。倘若以"汉贼不两立"的决绝立场划线站队，哪怕是暂时寄身曹营也未尝不是一种失节。然而，有趣的是，刘备本人亦曾是曹操的座上宾（所谓"免从虎穴暂趋身"），曹操还跟他"煮酒论英雄"，畅言天下大势来着。其实，汉末三国之际仍是顾炎武所谓"邦无定交，士无定主"（《日知录》卷十三）那种局面，乱局之中大家都奉行适者生存的机会主义，而刘备恰恰是一个最典型的例子。他投靠曹操之前，曾依附于袁绍、吕布，之后又傍上刘表，赤壁之战与孙权结盟，最后竟鸠占鹊巢夺了刘璋的地盘。像刘备这种身段灵活的转轴子，按说不大可能要求别人都是一副宁折不弯的气节。

所谓"汉贼不两立"，很可能是借《后出师表》假传先帝遗旨。魏蜀吴相继建国后，"士无定主"的局面渐已改变。诸葛亮以延续汉祚为立国之由，用政治正义的悲情话语建构国家意识形态，并借助持续的伐魏战争凝聚人心（参见本书《代汉·祀汉·去汉》一篇）。所以，自诸葛亮主政之后，蜀汉几乎没有出现过内讧和反叛者。虽说诸葛亮死后有魏延哗变，但魏延之叛实是与杨仪水火不容，并非真有异心（参见拙文《魏延之叛》，刊于《读书》2016年第4期，收入《三国如何演义》）。当然，诸葛亮历来不喜欢此人，称之脑后有"反骨"——这也是源自《三国演义》的一个著名譬语。早在关羽取长沙时，魏延城头起义，诸葛亮却认为此人不可留——"云长引魏延来见，孔明喝令刀斧手推出斩之。玄德惊问孔明曰：'魏延乃有功无罪之人，军师何故欲杀之？'孔明曰：'食其禄而杀其主，是不忠也；居其土而献其地，是不义也。吾观魏延脑后有反骨，久后必反，故斩之以绝祸根。'"（第五十三回）这个日后得到应验的推测，自是小说家的安排，本意乃表现诸葛亮如何料事如神。但这种过度强调队伍纯洁性的政治伦理意识，亦确契合当日意识形态之变化。"反骨"一语，在诸葛亮尚有以形貌取人的一面，而在后人传述中已完全抽象为某种性格特点。现在人们说某人有"反骨"，实不在脑后，而是指其内心的桀骜不驯。

四

三国謦语廋辞里边，最具隐喻意味的似乎是"鸡肋"一说。曹操与刘备争汉中，屯兵日久，进退两难。夏侯惇来禀请夜间口令，曹操正就餐，见碗中有鸡肋，随口便说"鸡肋，鸡肋"。此物食之无味，弃之可惜，主簿杨修即由此推断曹操将要撤兵，便吩咐手下收拾行囊。曹操忌恨杨修太聪明，便以扰乱军心为由将他斩了（第七十二回）。杨修"鸡肋"之解，原见《魏志·武帝纪》及《陈思王传》裴注引《九州春秋》《典略》。关于杨修之死，诸史说法不一。《典略》称曹操杀杨修是因为"漏泄言教，交关诸侯"；《后汉书·杨修传》说是因袁术外甥的缘故,"虑为后患,遂因事杀之";《续汉书》则谓杨修与曹植"饮醉共载",又谤讪曹彰,惹怒了曹操,故收杀之。杨修不算重要人物,后人记忆中主要就是这份"鸡肋"之解。

国人常说的"望梅止渴""乐不思蜀"等成语,大抵也是从小说里得知。小说第二十一回,曹操告诉刘备:"适见枝头梅子青青,忽感去年征张绣时,道上缺水,将士皆渴。吾心生一计,以鞭虚指曰:'前边有梅林。'军士闻之,口皆生唾,由是不渴。"这个"望梅止渴"故事原出《世说新语·假谲》,小说很巧妙地插入"煮酒论英雄"一节。至于"乐不思蜀",说的是后主刘禅降魏后已不思旧国,其实是小说借用《汉晋春秋》记事,在第一百十九回。《蜀志·后主传》"后主举家东迁,既至洛阳"句下,裴注引习凿齿曰:"司马文王与禅(刘禅)宴,为之作故蜀技,旁人皆为之感怆,而禅喜笑自若……他日,王问禅曰:'颇思蜀否?'禅曰:'此间乐,不思蜀。'"小说几乎完全复制了这一段,句中司马文王就是司马昭。

源自史乘的三国语词还有"煮豆燃萁""吴下阿蒙""生子当如孙仲谋""宁饮建业水,不食武昌鱼",

等等。前两条分别见于《世说新语·文学》和《吴志·吕蒙传》裴注引《江表传》。"生子"条是曹操赞许孙权的话,建安十八年曹操攻濡须口不克,见孙权"舟船器杖军伍整肃",喟然叹曰:"生子当如孙仲谋,刘景升儿子若豚犬耳!"此见《吴志·吴主传》裴注引《吴历》。"宁饮"一条见《吴志·陆凯传》:孙皓甘露元年将都城从建业迁到武昌,全赖扬州百姓"溯流供给",民间苦患不堪。陆凯上疏直陈徙都之弊,引用当时童谣曰:"宁饮建业水,不食武昌鱼;宁还建业死,不止武昌居。"孙皓未必肯纳谏,但物流供给如此困难,终究撑不下去,第二年就将都城迁回建业。

除了这类采自史籍的典故,更多由三国叙事带出的传述性语词,是直接从故事中概括而来,如"一时瑜亮"(又有"既生瑜,何生亮"),如"大意失荆州",如"挥泪斩马谡",等等。这些语词不像"望梅止渴"那种插入性文本片段,而是受众记忆梳理的叙事情节,借以传述某种理则。甚至有些并无理则可言,仅仅是某种特点的描述,也成了民间口头语。如"宝刀不老",小说第七十回:"[黄]忠怒曰:'竖子欺吾年老!吾手中宝刀却不老。'"如"赤膊上阵",是

第五十九回许褚大战马超的场面。还有"扶不起的阿斗",实是读者对后主刘禅印象的准确概括。

## 五

有趣的是,有不少取譬三国人物的语词跟三国故事毫无关涉,亦非某种创造性误读,如"事后诸葛亮""关公门前耍大刀"一类,只是将三国人物作为类型符号,代入某种被嘲谑的行为现象。尤其拿张飞说事儿的歇后语,竟有一大堆:"张飞绣花——粗中有细""张飞穿针——大眼瞪小眼""张飞吃秤砣——铁了心""张飞吃豆芽——小菜一碟"……这些民间谐语描述的张飞,只是作为某种人物特征的借代,完全是生活层面的意义生成,根本与文本无关。不知为什么,这些谐谑语还都找上了张飞。从网上又查到这些——

张飞卖秤砣——人强货硬

张飞卖豆腐——人硬货不硬

张飞卖肉——一刀切

张飞摆屠案——凶神恶煞

# 建安二十六年

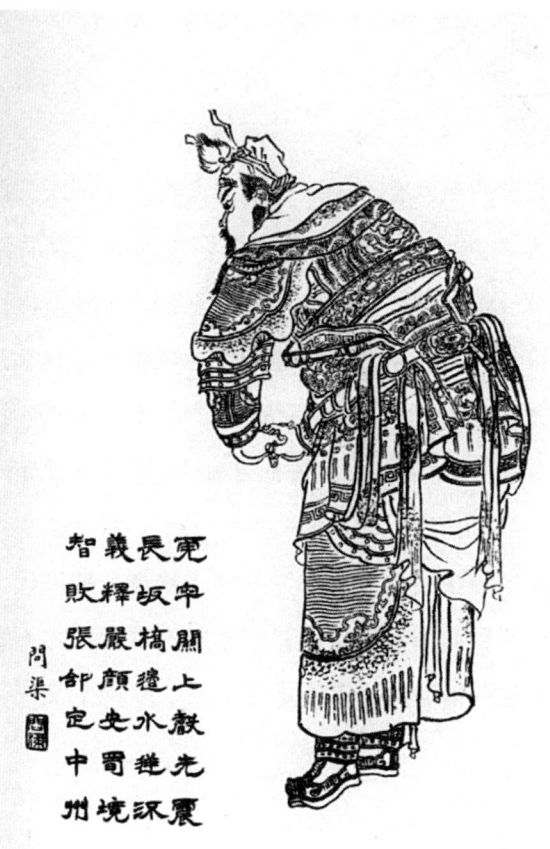

张飞像

张飞扔鸡毛——有劲难使

张飞请客——不领情不行

张飞翻脸——吹胡子瞪眼

张飞耍杠子——轻而易举

张飞嗑瓜子——不够塞牙缝的

……

在三国人物中,按说张飞并不是最具性格意义的角色,曹操、刘备、关羽、诸葛亮、孙权、周瑜、司马懿,甚至吕布,性格都比他有层次,但人们偏就找上他了。这一点亦颇奇怪。你可以说这些都是好事者胡乱编造,可是为什么偏拿张飞说事儿?脱离了三国语境,粗糙而率性的张飞愈发被塑造成一种卡通化的呆萌形象。

## 六

以人物而论,三国传述性词语分布极不均衡,与曹操、关羽、诸葛亮有关的最多(涉及张飞的多已脱离三国叙事,此姑不论),刘备、吕布、周瑜等次之。奇怪的是,有些重要人物居然未是词语取譬的对象。

譬如，前期的袁绍，后期的姜维，好像找不出一条与他们有关的譬语廋辞。袁绍志大而颟顸，姜维则是忍辱负重的悲剧人物，这两人都有故事，按说都可以从中抽绎生动的词语，却是没人理会。词语的生成与传述好像另有一种法则，或者干脆并无规律可循，反正不是文学的套路。

从小说叙事时间来看，传述性词语大多由前八十回导出，后四十回较少产生让人口口相传的语词。其实，就故事而言，《三国演义》后三分之一不算太逊。鲁迅评论《水浒传》时说过"一部大书，结末不振，是多有的事"（《中国小说的历史的变迁》），但《三国演义》有其特殊性，它是根据史传撰述的"讲史小说"，其叙事梗概大体以史实为脉络，各方势力消长是一个客观过程，这不同于一般小说家之杜撰。但为什么后四十回产生的传述性词语比较少呢？想来大概有这样两个原因——

首先，最受人关注的三国人物大多集中于小说前三分之二。魏蜀建国前后，曹操、刘备相继崩殂，之前吕布等各路豪强尽皆出局，当年赤壁之战时荆州和东吴人物多数已去；到诸葛亮独撑大局之际，五虎大将只剩下年迈的赵子龙。三国后期故事虽然情节不算差,但人物实在不如前边的有趣,就连诸葛亮也失去了当年"舌战群儒"折冲樽俎的风迈。

其次,小说后边这一截与读者心理预期严重不符,诸葛亮"六出祁山",姜维"九伐中原",虽说打得司马懿父子满地找牙,到头来却是一部蜀汉消亡史。受众喜欢嘲谑东吴的"赔了夫人又折兵",宁愿唠叨"刘备借荆州——有借无还""刘备的江山——哭出来的",却不喜欢"蜀中无大将,廖化作先锋"的凄惨局面。不管怎么说,蜀汉之亡显然不是受众"喜闻乐见"的戏码(在传统戏曲中,三国后期剧目大概只有《失·空·斩》《铁笼山》等寥寥几出)。

跟史家和小说家的叙事不同,本文讨论的三国词语,原则上是受众的二度创作,即便采自史著和小说原话,也是传述者重新表达的历史经验,或是不同时代公众经验意向的叠加。这些作为俗语和成语被人们反复讲诵的压缩文本,在比附现实的同时,以"事后诸葛亮"式的判断,显示了某种所谓"理解的历史性"。

老话说"看三国掉泪——替古人担忧",是指初涉文本的阅读体验，而世人嘴里传述的语词三国已是老道的经验之谈。嘲谑的语态中，未免带有勘破世情的自负。

写于2020年7月7日<br>原刊《山花》2021年第1期

# 三国戏蜀汉叙事种种

——以杂剧、传奇为对象

三国戏大约宋代已有，今见最早著录者是元人陶宗仪所记金院本名目，有《赤壁鏖兵》《刺董卓》《襄阳会》等五种（《辍耕录》卷二十五）。另外，今存宋元南戏三国戏残曲和剧目则有《貂蝉女》《甄皇后》《铜雀妓》数种，散见于《九宫正始》一类曲谱。到元杂剧这儿，三国戏始有完整的剧本流传于今，如关汉卿《单刀会》、高文秀《襄阳会》、郑光祖《三战吕布》、无名氏《千里独行》等，计二十一种。元剧兴盛之时，三国故事是重要题材，今存剧本之外，另有残曲和剧目四十一种，合计存目六十二种（见胡世厚主编《三国戏曲集成》元代卷）。王国维曾据《录鬼簿》《太和正音谱》统计，元剧目录共五百余种（《宋元戏曲史》第八章），三国题材竟不止什一。

早期三国戏出现于《三国演义》成书之前，无疑对小说故事构成产生显著影响，如关汉卿《单刀会》、无名氏《博望烧屯》《连环计》等，均为小说所采撷。当然，之前宋人说话也是三国文学叙事的一个重要源头，小说里更有许多情节取自《三国志》（包括裴注所引诸史）、《后汉书》等史书内容。值得注意的是，元剧三国戏主题取向及叙事情调与其前后之《三国志平话》《三国演义》基本吻合。从今存剧本看，除郑光祖《王粲登楼》、无名氏《周公瑾得志娶小乔》二种属才子戏，其余皆是尊刘抑曹、崇汉贬吴的蜀汉叙事。

杂剧延续至明清两代，这期间从南戏发展而来的传奇愈益成为文人雅好。早先传奇与杂剧名目颇有舛互，但二者之区别不仅在于曲调与声腔，体制亦明显不同，王国维说得很明白："明人则以戏曲长者为传奇，以与北杂剧相别。"（《宋元戏曲史》余论）传奇因其篇幅较大（几倍乃至十几倍于杂剧），更注重情节铺叙和细节描述，这就大大改变了戏曲文本结构和叙事手法。明清时期三国戏题材呈现多样化局面，不再集中于蜀汉一方。不过，仍有不少剧目在"汉贼不两立"的对抗语境中，表现蜀汉人物之正义与英雄气概的宏大叙事。

平话也好，戏曲小说也好，三国文学叙事大抵延续宋人"讲史"之体，而"讲史"并非照本宣讲史家之叙事，二者绝非同调。陈寿《三国志》基于以魏代汉的事实，将王朝兴替作为合法性的历史演化轨迹，乃以曹魏为正统；文学叙事一般并不逾越史家的叙事框架，却也不认同那种成王败寇的历史观，而是着眼于儒家先哲的纲常伦理，意在让受众明辨其中春秋大义。所以，从《三国志平话》开始就跟史家唱反调，将刘备、诸葛亮复兴汉业设为叙述主线，即认准了刘备承祧汉室的合法性，后来的戏曲、小说大体沿袭这种"尊刘抑曹"的基调。

一

元剧体制较小，没有综述三国历史的大戏，各剧单表一事，多为表现蜀汉君臣的正义、忠勇和智慧。如果将明清传奇比之中长篇小说，元剧则如短篇小说。王国维概括说："元剧以一宫调之曲一套为一折。普通杂剧，大抵四折，或加楔子。"又谓，或有五折六折或其他变例（《宋元戏曲史》十一）。因其篇幅短小，元剧通常故事布局不大，动作情境具有时空紧凑的特点。譬如《单刀会》《西蜀梦》（关汉卿）、《三战吕布》（郑光祖）、《黄鹤楼》（朱凯）这些今存剧本，无一不是将核心情节定格于某个爆发性瞬间。即使叙说关羽护嫂的《千里独行》，也只是下邳被围、灞桥挑袍到古城会几个节点，而不是像小说那样有一个过五关斩六将的时空延展过程。

时空延展并不一定意味着情势发生逆转，小说中过五关斩六将也只是艰险因素叠加而已，可是要在特定的历史语境中表现人物命运之前因后果，大抵需要一个延展过程。元剧这种撇开了过程的呈示，乃将历史风云定格于某些瞬间，诉诸动作与场面之同时，则是遮蔽了三国史的叙事语境。其实，从某种意义上说，这是一种"去历史化"的讲史手法。

作为讲史性质的三国文学叙事，先天存在一个逻辑悖谬：因为要彰显刘备祚汉的合法与正义，须从不同角度陈述和渲染蜀汉种种优越，如刘备与关羽、张飞亲如手足，与诸葛亮更是君臣相得，诸葛亮智谋天下第一，关张马赵黄武艺超群，从政治伦理到军事力量都盖世无双。可是，其诸多优势并未转化为正义的胜利，到头来还是输家。这是文学叙事与历史原型的抵牾。笔者在《〈三国演义〉的叙事悖谬》（原刊《上海文化》2019年第1期，收入《三国如何演义》）一文中对此有过讨论，《三国演义》作为一部完整叙述三国历史的大作品，自然不可能改写赓续曹魏的司马氏最后一统天下的基本事实，它是以诸多虚构的蜀汉军事胜利（尤其姜维九伐中原部分）持续操纵读者的审美反应，并适时注入虽败犹荣的悲情美学——关羽、张飞之殇，刘备中道崩殂，诸葛亮出师未捷身先死，姜维羁旅托国独撑危厦，更使读者在悲慨的共情之中强化道义优胜之信念。蜀亡之悲剧意慨沉沉，实让人掩卷心绪难平。悖谬仍是悖谬，却被悲情遮蔽，此中亦见小说家手段之高明。

元剧处理三国题材，不常使用小说家那种悲情手段，却是另有一招。今存剧本中有十八种系蜀汉叙事，这些剧作无一涉及蜀吴覆亡之结局。另据剧名判识，四十二种今存剧目中演蜀汉之事亦有多半，但时间背景稍晚的只是王仲文《秋风五丈原》一种。诸葛亮病殁导致北伐受挫，但此距蜀汉之亡尚有时日，仍是正邪对峙的局面，而似乎一切又辄然终结。其实《三国志平话》就收束于这个节点，也算是恰到好处。元剧这种选择性策略，乃将剧情植于单一事件或某个局部过程，仅以片段叙事作为蜀汉人物之优胜记略，自是回避蜀汉败局的办法。哪壶不开绝不提哪壶，所以元剧完全不存在小说那种叙事悖谬。

所以，元剧中的刘关张自然皆为正剧表述，即使厄于困阻，终能峰回路转，不作英雄末路之悲剧。在今存六十二种剧目中，表现关羽忠义神勇的"千里独行"竟多至五种（《千里独行》有旦末两本，另有《斩蔡阳》《五关斩将》《古城聚义》三种亦为同一题材），偏是不见"走麦城"的关目。在今存剧本中以刘备为正末或冲末的剧目有八种，即《西蜀梦》、《襄阳会》、《三战吕布》、《黄鹤楼》、《博望烧屯》、《桃园三结义》（无名氏）、《三出小沛》（无名氏）、《石榴园》（无名氏），但所有剧目中没有一种说到刘备兵败猇亭或崩殂白帝城之事。另外，唯独《西蜀梦》一种说到关羽、张飞之死，却是二人死后托梦于刘备，要哥哥为他俩报冤仇。如此将英雄殂落转化为一腔悲愤，不能说关汉卿不擅用悲剧手法，但这种悲剧或是脱离了悲剧情境的诉冤，更多表现为个人化叙事。

"去历史化"另一个特点，就是消除历史活动的间离感，接近普通人的情感认知。元剧侧重抒发个人情感，言情述事有意无意总将历史人物做日常化处理。原本是宏大叙事，却弄出闾巷人家的喜怒哀怨，自是消解手段。元剧爱用俗语俗字，不但对白如此，曲文因为有加衬字的便利，往往亦如口语，如旦本《千里独行》第二折，描述甘夫人对关羽降曹的误解，唱词里诉忧诉愁，都是一个怨字，从头到尾直如宾白：

【南吕·一枝花】今日个难除我腹内忧，怎解我眉间皱？我可也心怀家国恨，则我这眉锁他这个庙堂愁。我可便有信难投，眼睁睁无人救，今日个这凄凉何日休？你当日逞英雄与曹操做敌头，则被他倒空营俺着他机彀。

【梁州】则俺这姊妹淹留在许昌，则被那兄弟每失散在徐州。我想这英雄玄德仁慈厚，他端的忠直慷慨,壮志难酬,豁达大度,纳谏如流。我这里扑簌簌泪满星眸,俺可便看他何日乐矣忘忧。我、我、我折倒的骨崖崖身似柴蓬,是、是、是俺可也病恹恹黄干黑瘦。呀、呀、呀俺可便每日家绿惨红愁。怎生做个解忧?半生勤苦干生受。俺叔叔花也成蜜也就,可便地久天长怎了救?好教我无了无休。

"家国恨""庙堂愁"这类大字眼,只是妇道人家学舌的口头禅,甘夫人唱道"俺叔叔花也成蜜也就",却是眼见关羽被曹操优待的直观感受。这般闺阃视角见好见坏都是一股脑儿恣意倾诉,虽说亦见关羽忠勇本色,却多少将匡扶汉室的家国大义消融于叔嫂关系之中。

再如《秋风五丈原》,应是叙说诸葛亮病逝之事,剧情已不可知,今剩残曲【双调·挂玉钩序】一支,整个儿就是诸葛亮弥留之叹——"越越睡不着,转转添烦恼。我这老病恹恹,秋夜迢迢。抛策杖,独那脚。好业眼难交!心焦。助郁闷,增寂寞,疏剌剌扫闲阶落叶飘,碧荧荧一点残灯照。一更才绝,二鼓初敲。"这番言诉尽是病中烦恼、郁闷和孤寂，鞠躬尽瘁的老臣之心纯然化作油尽灯枯的生命感受。

## 二

明清杂剧、传奇的三国叙事大体沿袭元剧三国戏的话语方式，继续演绎蜀汉之优胜记略。然而，传奇篇幅充裕，今存明传奇三国戏剧本七部，大多在二三十折（出）以上，最长的《草庐记》（无名氏）有五十四折。这般体制自是便于拓开时空背景，使剧情不限一时一地，大可演绎一段波澜起伏的历史过程。

《草庐记》单看剧名似为刘备三顾茅庐之事，其实此剧几乎历述诸葛亮辅佐刘备的全过程。诸葛亮出山后，有博望烧屯、新野撤退、赵云救幼主、诸葛亮舌战群儒及赤壁大战前后一系列关目；继而是刘备身陷黄鹤楼及东吴招亲，诸葛亮一再施计使之脱险；又说到刘备入蜀，诸葛亮策反马超，灭了张鲁（此与《三国志》《三国演义》均不同），最后将刘备扶上皇帝宝座。杜诗有谓"两朝开济老臣心"，先主这一朝，就差白帝城托孤未入此剧。整个剧情截取了三国一大段历史（按《三国志》记事历时十四载），这与着眼

建安二十六年

赵云单骑救主

于单个故事的写法完全不同,是以一种起承转合的文本结构改变了以前杂剧的叙事方式。不过,这里有一点仍是沿袭元剧手法,就是见好就收,结束于绚烂辉煌。

这种截取手法让人想起金圣叹腰斩水浒,使梁山泊故事结束于排座次的胜利气氛中。因为金圣叹不欲"强盗"从良,删去了后边招安部分,反倒弄成了一部英雄豪迈的绿林传奇。按鲁迅说法《水浒传》是"一大部书,结末不振",蜀汉的历史何尝不是从辉煌坠入黑暗。剧作者撇开了白帝城,自是有意剔除失败和衰亡。

叙述刘备东吴招亲的《东吴记》(无名氏)同样如此,结尾是刘备安然脱身,埋伏于芦荡的张飞等人接着,大唱"空用周郎小儿谋,今日个赔了夫人又折人马",率众凯旋。明传奇今存剧本篇幅最短的就是这部《东吴记》,全剧八出,时间跨度不大,却亦非一时之景。刘备赴东吴之前,先是东吴为国太娘娘贺寿,踌躇满志的孙权放言"曹刘枉自空忙碌",岂料刘备得了荆州,诸葛亮又让诸将拈阄取四郡,赤壁战后的微妙局面前头俱有交代。东吴招亲是根据《蜀志・先主传》"[孙权]进妹固好"一语虚构的戏谑性故事,刘备到京口见孙权本是"绸缪恩纪",而此剧或是受《三国演义》影响,将招亲故事塞入荆州之争的杀局。就本质而言,这种改写的历史情节倒是更真实地表现了双方关系。很明显,明传奇不再是"去历史化",而是有意识地对三国史做出自己的解读。

明传奇多为大戏,一部叙述关羽、张飞劫后相遇的《古城记》(无名氏),却是从刘关张徐州失散说起,演至第十出才出现关羽降曹的一幕。此剧有三十六出,其间穿插张飞古城落草,刘备投奔袁绍等等关目,后半截则是关羽护嫂千里独行的全套故事。剧作者并不满足于关羽被张飞误解的戏剧冲突,而是要细述关羽忍辱负重、历尽艰险的整个过程。此剧出场人物众多,亦有各自的叙述角度——传奇打破杂剧唱者每折只限一人(或末或旦)的法度,各唱各调,大有众声喧哗之妙,这种戏曲文本很有宏大叙事的特点。

无名氏《七胜记》演诸葛亮七擒孟获,本身内容足够丰富,这段故事在小说里占了将近四个章回(第八十七回至九十回)。但此剧则将叙事时间往前挪移,以司马懿调五路大军进犯西川为缘起(小说里那是两年前的事情），因东吴和南蛮孟获各为一路，剧中又插入"邓芝跃鼎""秦宓论天"二事——邓芝出使吴国，硬是以刚毅直烈气势吓尿孙权；秦宓与张温论天地阴阳，让东吴人知道"天姓刘"，知道蜀中大有人才。这是用移花接木的手段将之归入诸葛亮安居平五路之算策，接下去才是对付南方蛮夷的正戏。诸葛亮南征四郡实为安定蜀境，在小说中也是相对独立的叙事，剧中将之置于曹刘二代时期三国纷争的大格局，变成了三方互动的全景式叙事。剧情如此扩衍，情节衔接上自然不能十分妥切，此姑不论。

  杂剧延至明清仍沿袭元人章法，限于体制而未能扩大叙事规模，不过从今存明杂剧本子来看，似乎出现了另一种趋势，就是与传奇反其道而强化细节表现。明杂剧三国戏今存剧本五部，蜀汉叙事有周宪王（朱有燉）《义勇辞金》和无名氏《太平宴》两种。周宪王一剧，只取关羽斩颜良后辞曹而去一节——从曹操赠黄金美女，到封金挂印护嫂出城，叙事十分紧凑。首折以仙吕宫十二支曲子叙述关羽受恩于曹操的万般感慨，其思绪绵邈不断，直是一番"暂留许昌，心情悒怏"的倾诉。中间两折是斩颜良解白马之围，羁于曹营的心结已释，便马上想到刘备那边，"孤忠常把人心系，忆玄德空垂泪，欲待向曹公拜启"。饰演关羽的正末第三折扮探子上场，细述关将军临阵之神勇，却让曹操意识到关羽立功后必寻归旧主，故后边楔子中又是黄金白银厚赏，弄得关羽左右不是——"正不知我心中好是艰难呵！"最后一折，关羽毅然封金而去，曹操得知消息，他已引车出城了——

【转调货郎儿】凉时候秋风八月。向郊外车儿慢拽，远山遥望晓云遮。枫林赤，雁行斜，极目向天涯一望赊。

【二转】光闪闪晴霞晖照，清湛湛寒波浩渺。的溜溜风吹落叶飘，干些刺枯荷被霜凋。静巉巉遍野连天草，闹呀呀断鸿哀叫，急穰穰心随落日遥。

唱词里情景交融，秋风，衰草，天际孤鸿……关羽急穰穰奔刘备而去，也还有对曹操的恩义不舍。这远比小说叙述细腻而精彩。此者本事见于《蜀志·关羽传》："……及［关］羽杀颜良，曹公知其必去，重加赏赐。羽尽封其所赐,拜书告辞,而奔先主于袁军。"史家只是作为"各为其主"之例,而杂剧却提升到家国大义,文章尽往细里做,实是以伦理道义之教化"去历史化"。

三

清代因花部各声腔新兴剧种崛起,杂剧和传奇三国戏未见有长足发展。杂剧存目只二十二种,存本十五种;传奇存目有二十五种,存本十三种。不过,无论杂剧还是传奇,戏路明显拓宽,不再集中于蜀汉叙事,如蔡文姬、洛神女、阮籍和竹林七贤等皆有多种剧目,甚至还敷衍荀彧、孔融之子的爱情故事。不过,这些边缘题材实已脱离三国史叙事范畴。

这一时期蜀汉题材出现了一种奇特的叙事方法,就是不再满足于元明三国戏采撷亮点或截取优胜时段的取材手段,而是突破史家叙事框架,以虚拟的历史情境重塑蜀汉英雄,完全改写了三国后期历史。这方面最具代表性的是传奇《南阳乐》和杂剧《定中原》两种,前者作者夏纶(1680—1753?)、后者周乐清(1785—1855)所撰,今俱有存本。

## 建安二十六年

　　《南阳乐》有三十二出和二十九出两种传本，故事差异不大。虽纯然杜撰，情节倒是纷纭歆出而丝丝入扣。剧中诸葛亮并未病殁五丈原，而是禳星得以延寿，祁山战局亦随之逆转。先是司马师往祁山劫寨，被马岱杀死。之后魏延与马岱分兵出子午谷、斜谷，干掉司马昭，又生擒司马懿。蜀军趁势杀入中原，直捣许昌，曹丕和太尉华歆欲逃亡东吴，被姜维活捉。诸葛亮命魏延发曹操七十二疑冢，掘取尸骸示众。蜀军又从水路大破东吴，孙权投降，陆逊自刎，终于报了先主和关羽之仇。刘备的孙夫人在小说中被孙权骗回东吴，这时亦被迎请归朝。蜀汉灭魏吴二国而一统天下，乃诸葛亮未曾明言的梦想，隆中对所谓"汉室可兴"的大目标就这样得以实现，真是厉害了我的蜀。之后诸葛亮功成身退，归隐南阳陇亩之间。

　　此剧虽以诸葛亮"再造皇图"大业为主线，显然又考虑到后主刘禅实难符"中兴"之名，故另设一个重要人物，就是北地王刘谌。开场第一出，刘谌即奉父皇之命启程赴祁山探望丞相病体。诸葛亮对这位北地王寄予厚望，得知东吴与曹魏结盟，陆逊从水路来犯，便与之约定："伐魏之事，老臣任之；吞吴大事，大王任之。"但蜀宫内监黄皓已暗通司马昭,派人刺杀后主嫁祸刘谌,幸赖侍中费祎、蒋琬察访实情,还刘谌清白。这场虚构的王室风波几乎置刘谌于死地,剧作者借此刻画后主为君不君之相,最后让刘谌受禅做了皇帝。

如此改写"分久必合"的结局,实际上替换了《三国演义》一百〇四回以后的全部故事内容。道光年间,周乐清所撰杂剧《定中原》(正名《丞相亮祚绵东汉》)亦大致相仿,不过周剧将诸葛亮禳星作为谋略,诱使司马懿引兵入葫芦谷(小说亦作上方谷)以火攻围歼之。而后蜀军分三路杀入中原,攻破洛阳,会师于邺城。曹魏既灭,东吴遣诸葛瑾奉表称臣,蜀汉终而一统天下。此剧亦有后主禅位北地王,诸葛亮归隐南阳诸事。但杂剧仅以四出剧情表现这样一个宏大叙事的过程,颇显捉襟见肘,多半是借宾白草率交代。显而易见,作为一种重写三国史的反转叙事,这跟元明杂剧"去历史化"的套路正好背道而驰。

夏、周二剧均以刘谌作为中兴之主,是一个颇有意思的话题。刘谌其人《蜀志》无传,事略仅见《蜀志·后主传》及裴注所引《汉晋春秋》,亦只寥寥数语，谓魏将邓艾兵临成都之际，蜀汉大臣都劝后主出降，唯刘谌愤而自刎。据《蜀志·二主妃子传》裴注引孙盛《蜀世谱》，后主子六人，刘谌为第四子。稍后钟会之乱，太子刘璿为乱兵所杀，其余数子皆随后主降魏归晋。刘汉嗣息唯独刘谌有此哀国伤怀之举，因被剧作者作为想象中具有承祧汉室资格的明君。早先《三国志平话》有刘谌谏帝背城一战，而《三国演义》亦作哭庙死孝之述。

其实，编造"祚汉"的故事，并非全然出自清人想象。《三国志平话》叙说诸葛亮归天后，竟以刘渊兴汉续貂——刘曜俘晋怀帝、愍帝，灭了西晋，亦被认为是替蜀汉报仇雪恨。将后汉立国作为汉业之赓续，怎么说也不合情理，却是压不住重新建构历史的冲动。

当然，清人重构历史的想象更是出奇，除了夏、周二剧，乾隆时庄恪亲王允禄所撰传奇《鼎峙春秋》亦是一部奇作。这空前绝后的二百四十出连本大戏（有乾隆内府抄本和嘉庆本等存本，以下据乾隆本），剧本就有四十多万字。全剧从桃园结义演至七擒孟获，大部分情节与《三国演义》相仿，但关键是，与小说或历史记载相关的叙事只到诸葛亮南征归来为止，恰好结束在蜀汉最辉煌的时刻。其后还有四出，则是十殿轮回的大结局——董卓、曹操等反派人物都被打入阴曹地府，董卓变龟，曹操变鳖，曹操手下郭嘉、程昱、贾诩、荀彧、荀攸、许褚、张辽等人都变作鸟兽虫鱼；之前献帝和伏后、董妃已登仙籍，那些忠臣义士，如关羽和伏完、董承、马腾等衣带诏诸公，此时亦超升天府。此剧不表诸葛亮、姜维徒劳无功的征伐，也没有邓艾、钟会破蜀，王濬楼船下建业诸节，是非成败皆付与轮回报应。

一切都终结于某个辉煌时刻，或者说悬于一种未完成时态。这种文学叙事自有其审美心理根源：一切皆从想象中变易和轮回，因为想象本身具有重构历史的无限可能。

2019年9月30日记
原刊《读书》2020年第2期

## 乱世·衣冠·风流

——兼说《世说新语》的人物观

三国东吴亡于晋武帝太康元年（280），"王濬楼船下益州，金陵王气黯然收"，天下三分终归一统。汉末以来战乱分裂的历史虽说告一段落，但晋初的统一局面并未维持多久。武帝死后，惠帝的贾皇后与外戚杨骏争权，引发八王之乱，司马氏祖孙数辈相继搅入杀局。这才十几年工夫，又是血流漂杵。

西晋的宗室战争远比汉景帝时七国之乱更混乱也更加血腥。贾后联手楚王玮除去杨骏，又擒杀汝南王亮，再矫诏杀玮，最后自己死于赵王伦之手。八王之中，亮、玮、伦、冏、乂、颙、颖七者，先后丧命于这场窝里斗（其实不止此七王，《晋书》东海王越传称"三十六王咸殒身于锋刃"），唯东海王越过后死于"忧惧成疾"。八王相斫不但直接导致晋室分裂，北方的胡、羯、氐、羌、鲜卑亦趁势直入中原，更造成晋与十六国的长期割据。就在赵王伦篡位不久，成汉、前赵即自立国号。其实不止十六国，以后一百三十年间，前前后后有过二十四个割据政权。这是中国历史上战事最频繁也最混乱的时期。

尽管如此，晋代（或扩衍至魏晋南北朝时期）给人印象至深的记忆首先不是战争与杀戮，却是一些文化和精神层面的东西。如：玄学与清谈，诗与骈体，小说与方术，文章、书法、绘画与酒及药之类。从何晏、王弼、夏侯玄的"正始之音"，到阮籍、嵇康一班竹林名士自然名教之辨；从张华、张载、陆机、潘岳、左思洛下诸贤之"太康文学"，到陶渊明、谢灵运寄兴田园山水的审美发现……正是这一时期，开始确立诗文辞赋为主体的文学观念（《文选》收入的大部分作品出自这一时期），并为诗歌的格律化奠定了基础。这也是中国小说真正滥觞之期，《列异传》《搜神记》《拾遗记》等志怪之书"以序鬼物奇怪之事"

（《隋书·经籍志》），开辟了小说叙事之途。

　　这一时期的文化记忆还不止于所创造的各种文本，不滞于物的玄理玄言转换成士人的日常言语或行为，成为一种精神气质和人格标志，亦即让后人津津乐道的"魏晋风度"。

　　所以，美学家特喜欢晋代。喜欢的不是生灵涂炭的血色浪漫，不是后现代的暴力美学的阐发，而恰恰是对生命的深切体悟。宗白华说："晋人以虚灵的胸襟、玄学的意味体会自然，乃能表里澄澈，一片空明，建立最高的晶莹的美的意境！"（《论〈世说新语〉和晋人的美》，收入《美学散步》）朱光潜在《诗论》一书中特辟"陶渊明"一章，瞩意从陶诗的玄意中去发现晋人之美。李泽厚《美的历程》专有一章谈"魏晋风度"，认为这是一个"人的觉醒"乃至"文的自觉"的时代。人生苦短，生命坎坷，反倒激发出内在的才情、性貌、品格、风神，而摆脱了外在的功业、节操、学问——"是人和人格而不是外在事物，日益成为这一历史时期的哲学和文艺的中心"。

乱世·衣冠·风流

一

　　史书上的主角是帝王、霸府和武装的门阀，让后人记得的却是标举风流的衣冠之族，亦即士族与名士。历史记忆的吊诡莫过于此。这让人想起李白夸张的诗句："古来圣贤皆寂寞，惟有饮者留其名。"圣人已死，历史的路径自非圣贤所决定，而魏晋"饮者"却在酣饮沉醉之中建构了林林总总的文化景观。这是一个贡献了美学价值的时代。士大夫的生存忧患可以撇在一边，矫厉的个性终不为刀光剑影所遮蔽。

　　历史叙事不但是有选择的书写，同时也因书写方式而呈现。汉末刀兵起四方，各路人物风云际会，赖以陈寿《三国志》及裴注记述，后又经元剧和小说《三国演义》的文学塑造，打打杀杀的历史活剧成了最出色的战争文学，众多三国人物也成了后人心目中的英雄、枭雄或奸雄。然而，无论就战争规模或是惨烈程度而言，两晋时期远超汉末三国，其情形也更错综复杂，但晋代的战争很少以"讲史"的话语方式进入民众历史记忆（当然也有零星的几个段子，如祖逖北伐、谢安破秦之类），未能像三国叙事那样向人展示全景式的历史画卷，却相反呈示极为丰富的个体人格形态。这是一个值得注意的文本现象。

当然，这一时期并不缺少叙史文本，唐以前存世的晋史著作有十八家之说（又说不止此数），大多著录于《隋书·经籍志》《旧唐书·经籍志》。贞观时，房玄龄等奉敕修撰《晋书》，只以南齐臧荣绪一种为蓝本，是因为唯独臧书囊括两晋。自唐修《晋书》问世后，之前那些晋史著作逐渐散佚，如今只剩下清人汤球、黄奭等若干辑本。这跟汉末三国史著亡佚的情况大略相似，有陈寿《三国志》传世，其他如王粲、鱼豢、王沈、韦曜、张勃、习凿齿诸史皆已不存。不过，情况又绝不相似，因为唐以前与晋史有关的著作并未完全消失，至少有一部书至今尚被人广泛阅读，那就是《世说新语》。事实上，这部书在很大程度上影响了人们对两晋历史的认识，奠定了晋史的人文基调。

二

南朝宋刘义庆所撰《世说新语》（原称《世说》），隋唐二志均列子部小说类。书中记述的全是汉末三国

南朝宋刘义庆撰、梁刘孝标注、宋刘辰翁批释、
明王世懋批点《世说新语》明凌瀛初刻本
（为记述魏晋士族上层人物言谈轶事小说的集大成之作）

两晋士族上层人物，那些逸闻逸事不同于一般"街谈巷语"，更非"迂怪妄诞"的方士之说。毫无疑问，《世说新语》比列入史部的《汉武帝故事》《西京杂记》《拾遗记》一类更接近叙史之义，历来为史家引为故实。

唐人纂修《晋书》虽以臧书为蓝本，传述人物行状却是大量采入《世说新语》记载的内容。《世说新语》记载武帝、元帝、明帝、简文、孝武之事甚多，诸纪采撷自然不少，当然更多的是门阀、重臣与名士的故事，如王谢家族及周颛、庾亮、殷浩、桓温、王濛、刘惔诸辈。

王敦为中兴功臣，晚岁拥兵自重，背贤任恶，又作篡逆之谋，是一个极为复杂的人物。《世说新语》记载王敦之事四十余条，多描绘其情态声貌，或当时人之如何评骘。如《识鉴》篇记潘滔早年说过一句很精彩的话："君蜂目已露，但豺声未振耳。必能食人，亦当为人所食。"《晋书》王敦传即以此条为其定下性格基调。又如开篇即取《汰侈》篇一条，足见其"心怀刚忍"——在王恺、石崇筵席上见主人动辄殴杀侑酒婢女，而王大将军竟神色自若。但王敦性格不仅只是"蜂目豺声"的一面，传中又谓："每酒后辄咏魏武帝乐府歌曰'老骥伏枥，志在千里。烈士暮年，壮心不已'。以如意打唾壶为节，壶边尽缺。"豪迈而率性，似乎更有满腹怨怼，这细节出自《世说新语·豪爽》。该篇所记王敦诸事悉入《晋书》本传，如武帝面前振袖击鼓，神气自得，旁若无人；如听从左右劝谏，一改平日"荒恣于色"，开后阁放走婢妾数十人；又谓其高朗简疏，学通《左氏》，等等。

永嘉乱后，晋室有赖琅邪王氏翼戴，时有"王与马，共天下"之说。王敦从弟王导领导南迁门阀，更是一位主持大局的人物。《世说新语·言语》"新亭对泣"一则，谓其激励过江诸人："当共勠力王室，克复神州，何至作楚囚相对！"自为《晋书》本传采用。同篇又有温峤诣王导一事，称"江左自有管夷吾，此复何忧"，将王导拟之春秋齐国管仲，亦是奠定传述的基调。又，采入《晋书》本传还有《方正》篇记王导谏元帝立储之事，《宠礼》篇君臣相让之事——"元帝正会，引王丞相登御床，王公固辞，中宗引之弥苦。王公曰：'使太阳与万物同晖，臣下何以瞻仰！'"君臣之间这般礼待，今人见之颇感滑稽。元帝虽中兴之君，实"雄武之量不足"，王导伺奉弱主亦如履薄冰，亦见其性格之周全。其实,王导做人不尽是四平八稳的样子,晚年受庾亮排挤,憋不住也要抒发内中不平之气。《轻诋》篇谓:"庾公权重,足倾王公。庾在石头,王在冶城坐,大风扬尘,王以扇拂尘曰:'元规(庾亮字)尘污人。'"《晋书》本传即以此条揭示其性情另一面。本传引入《政事》篇一则最有意味,其谓:"丞相(王导)末年,略不复省事,正封箓诺之。自叹曰:'人言我愦愦,后人当思此愦愦。'"愦愦,昏聩、糊涂之义,到了只管签字画押的时节,糊涂一点又何妨。王导为政清静,不去瞎折腾,实在是积德,故刘孝标注曰:"导阿衡三世,经纶夷险,政务宽恕,事从简易,故垂遗爱之誉也。"王鸣盛《十七史商榷》称《晋书》导传"多溢美",批评王氏一无建树,"徒有门阀显荣"而已。陈寅恪有专文驳之,谓"愦愦"之言实有深意,其中自亦包含施政者的宽纵与包容(《述东晋王导之功业》)。这不完全是政治,其实更是一种心性。

　　《晋书》揽入《世说新语》记事,自然不止王敦、王导数例,可以说相应的纪传几乎都有采用,这里不能逐一举述。显然,这部记述魏晋人物的笔记小说实际上被视为一种杂史,并为史家描述和评骘人物作为依据。刘知幾在《史通》里将《世说新语》一类称作"偏记小说",认为颇有史料价值——"皆记即日当时之事,求诸国史,最为实录。"(《杂述》)但是具体说到《晋书》采撷小说材料,却大加诋諆,乃谓:"晋世杂书,谅非一族,若《语林》《世说》《幽明录》《搜神记》之徒,其所载或诙谐小辩,或神鬼怪物。其事非圣,扬雄所不观;其言乱神,宣尼所不语。皇朝新撰晋史,多采以为书……虽取说于小人,终见嗤于君子矣。"(《采撰》)其实,《幽明录》《搜神记》是志怪小说,跟《世说新语》这类"记即日当时之事"的实录著作有本质区别。明知"谅非一族"却又混为一谈,如果真是因为"其事非圣",亦足以印证刘氏之史学观念只是囿于圣贤名教。

当然不仅刘知幾,旧时史家对《晋书》大量采入《世说新语》人物行状多有訾议,后人亦于此学舌。有趣的是,从来治魏晋史者没人回避《世说新语》提供的材料,而且都是大量使用。

三

《世说新语》给人印象最深的大概是竹林诸贤之任诞，或之前何王正始之音。但书中记述更多的是晋室渡江后的士人情态。永嘉乱后，碎片化的战争局面带来了持久的生命追问。

《言语》篇记桓温"金城泣柳"一则，颇见真情实感，有谓："桓公北征经金城，见前为琅邪时种柳，皆已十围，慨然曰：'木犹如此，人何以堪！'攀枝执条，泫然流泪。"桓大司马抚今追昔，悲不自胜，内中自是壮心未已。言语之外，似乎又有带某种白衣苍狗的玄意。按说桓温亦非善辈，其擅权专制，史家以为有代晋之谋（《晋书》本传与王敦、苏峻等同列四夷之后，显然归入另册），但《世说新语》有关桓温事略八十余则，无一言涉篡夺之事。当然，其久怀异志，文字间亦约略可见，如以下一则：

桓大司马下都，问真长曰："闻会稽王语奇进，尔邪？"刘曰："极进，然故是第二流中人耳。"桓曰："第一流复是谁？"刘曰："正是我辈

耳！"(《品藻》)

会稽王即简文帝，其时或为相王（以会稽王居相位，《晋书》本纪称其"清虚寡欲，尤善玄言"，正是桓温所"敬惮"的品格）。此则借刘惔（字真长）之口评骘高下，其称第一流之"我辈"实指桓温而已，实非《晋书》刘传所谓"其高自标置如此"。虽说比较的不是立德立功之伟业，但玄理言辩却是当日衣冠之族最看重的才能。刘惔是相王坐中谈客，却如此恭维桓温，真是吃透了此公不甘屈于人下的秉性。其实在刘惔心中，桓温夙有帝王相——"自是孙仲谋、司马宣王一流人。"（《容止》）桓温之前有王敦谋篡，他很忌讳人家拿他跟那位王大将军作比，但《赏誉》篇有一则说："桓温行经王敦墓旁过，望之云：'可儿！可儿！'"《晋书》本传采入此事，乃谓"其心迹若是"。

《文学》篇多记王导、会稽王、桓温等召集诸名流共谈，辩难析理，大畅玄风（主要谈《易》《老》《庄》，兼及佛理）。这类活动看上去有如今之学术讨论会，坐中谁出语精进便为众人推重。乱世中一帮阀阅大佬竟热衷于此，似乎军政要务只在其次。《世说新语》很少说到那些权臣之间的政治较量，却在玄理辩难中极显此辈衣冠丰采，如庾亮、殷浩、桓温、谢安等辅政大臣皆是风流谈宗。桓温与殷浩是官场敌手（简文帝以殷浩牵制桓温，《晋书》殷传云："简文以浩有盛名，朝野推伏，故引为心膂，以抗于温，于是与温颇相疑贰。"），《世说新语》所描述的却是他们在坐而论道的朋友圈里的竞争，这可能是更现实的人际关系。有曰：

> 桓公少与殷侯齐名，常有竞心。桓问殷："卿何如我？"殷云："我与我周旋久，宁作我。"（《品藻》）

殷氏"我与我"一语极富哲意，后世流传甚广。桓温曾聆听殷浩与王导反复辩难，大为赞赏。不过，他不认为殷浩要比自己强。《品藻》篇另有一则说，殷浩北征失败后废为庶人，桓温此际回想儿时一同骑竹马嬉耍的情形，殷浩尽捡他玩剩下的竹竿，可见那厮"当出我下"。这种看法当然很天真，《世说新语》臧否人物并不着眼于治国平天下之大业，甚至撇开名教与自然之辨析，直接看取人的本性。如书中写刘惔与殷浩几次讨论玄理，写的就是各自性情——

> 刘真长与殷渊源（殷浩）谈，刘理如小屈，殷曰："恶！卿不欲作将善云梯仰攻？"（《文学》）
> 殷中军尝至刘尹所，清言良久，殷理小屈，游辞不已，刘亦不复答。殷去后，乃云："田舍儿强学人作尔馨语！"（《文学》）
> 王仲祖（王濛）、刘真长造殷中军谈，谈竟，俱载去。刘谓王曰："渊源真可。"王曰："卿故堕其云雾中。"（《赏誉》）

刘惔对殷浩未尝不佩服，却以田舍郎相嘲，衣冠逼格自是裁量标准。

## 四

刘惔有一个显赫的妹夫，就是谢安。《排调》篇谓：早年谢安高卧东山时，"兄弟已有富贵者翕集家门"，刘夫人半开玩笑地撺掇谢安："大丈夫不当如此乎？"谢安捂着鼻子说："但恐不免耳。"这个小插曲可与同篇"安石不肯出,将如苍生何"一则作为注脚。

《世说新语》记载谢安事略多至一百十余则,《雅量》篇有一则传诵最广,即谓棋局间闻淮上报捷而"意色举止,不异于常"云云(《晋书》本传又演绎为围棋赌墅、喜甚折屐的故事)。作为东晋晚期最重要的士族人物,谢安各方面都有故事。其主持风气,更不乏清谈玄趣,如《言语》篇云:

> 王右军与谢太傅共登冶城。谢悠然远想,有高世之志。王谓谢曰:"夏禹勤王,手足胼胝;文王旰食,日不暇给。今四郊多垒,宜人人自效;而虚谈废务,浮文妨要,恐非当今所宜。"谢答曰:"秦任商鞅,二世而亡,岂清言致患邪?"(《言语》)

谢安反对"清言致患"(清谈误国)之说,其本人绝非只会高谈阔论,说来他做官的政绩相当不错。淝水拒敌和北伐之业就不必说了,他曾为吴兴太守,《晋书》本传称之"在官无当时誉,去后为人所思",为官一方能有这样的评价委实不易。《世说新语》又谓:

孝武帝太元间，逃兵流民多匿于秦淮河南塘沿岸，有人拟议大肆搜捕，谢安硬是不许，他说："若不容置此辈，何以为京都？"(《政事》)此公以厚德化物，去其烦细，可见其为官亦是以人为本的绥靖之道，正如陈寅恪评价王导所言，要在江东地区立足必须改变曹魏以来"刑纲峻密"的施政方针。

谢安东山再起，初为桓温帐下佐官，颇得桓温赏识。《世说新语》有如下记载：

　　谢太傅为桓公司马。桓诣谢，值谢梳头，遽取衣帻。桓公云："何烦此！"因下共语至暝。既去，谓左右曰："颇曾见如此人不？"(《赏誉》)
　　桓大司马病，谢公往省病，从东门入。桓公遥望，叹曰："吾门中久不见如此人！"(《赏誉》)

然而，简文帝死后，桓温却要除去谢安和一同辅政的王坦之。《世说新语》有谓：

　　桓公伏甲设馔，广延朝士，因此欲诛谢安、王坦之。王甚遽，问谢曰："当作何计？"谢神意不变,谓文度曰:"晋祚存亡,在此一行。"相与俱前。王之恐状,转见于色。谢之宽容,愈表于貌,望阶趋席,方作洛生咏,讽"浩浩洪流"。桓惮其旷远,乃趣解兵。(《雅量》)

按《晋书》本传,桓温本想简文帝临终能禅位于己,至少可仿效周公居摄故事。因王坦之搅局(逼着简文帝改立诏书),其摄政之梦亦成泡影,于是便欲痛下杀手。但《世说新语》叙说此事并不交代此中复杂的政治背景(更未见说怎么牵扯到谢安,《晋书》诸纪传亦语焉不详),从"欲诛"到"解兵",是因为谢安临危之际的神态情貌使之不能下手,桓温"惮其旷远",亦是从心底里敬服。由谢安之从容到桓温之涵容,敌对的双方都表现了当日衣冠之族的风流蕴藉,这是《世说新语》瞩意表达的人物特点。

五

毫无疑问,《世说新语》叙事有着很强的文学性,或者说本身就是出色的文学作品,这跟《史记》的跨界性质相似。中国的叙事文学起源于神话与史传,神仙之说孕育了志怪小说，而史家记录的"人间言动"一旦被赋予某种审美趣味，亦即成为人的文学之滥觞。

《世说新语》品鉴人格形态的书写方式，乃于直接给出睽离言志载道的审美取向，其中不言而喻的理念即在于人的主题——有意将人物疏离历史和伦理的语境，聚焦于个性与人格。

《世说新语》之前的文学——诗骚、诸子文乃或《史记》等等，可以说大多属于由事见理的文章。当然，不是说没有见性见情的表达，只是那种种性情都要湮没于某种凛然深慨之义（作为民谣的国风和乐府，固然原本并无所谓"诗教"理念，但在儒者的解释中都傍上了家国社稷的大道理）。所以，黍离之悲也好，香草美人也好，背后都是修齐治平的理路。甚至文辞富美、想象奇崛的《庄子》，内中也还是归诸兴亡治乱的伦理教化。然而，到《世说新语》这儿出现了由观念形态返归人格形态的变化。

南齐人敬胤注《世说新语》，《尤悔》篇"刘琨善能招延"一则按语评曰："《世说新语》苟欲爱奇而不详事理。"其谓"苟欲爱奇"未免苛责，但"不详事理"

之说倒是切中肯綮。《世说新语》记述曹操和两晋诸帝,记述王敦、王导、庾亮、殷浩、桓温、谢安那些掌驭大局的人物,很少从文治武功的层面去看问题,更不论其道德是非,而是品评其性情与人格特点作为审美观照。将历史人物还原为现实人物,从人生日常片段择述事略,虽"不详事理"而有所局限,却是抓住了性格描述的基本面。

鲁迅《中国小说史略》将《世说新语》单列一章(第七篇),兼说志人小说来由与发展,有谓:"记人间事者已甚古,《列御寇》《韩非》皆有录载,惟其所以录载者,《列》在用以喻道,《韩》在储以论政。若为赏心而作,则实萌芽于魏而大盛于晋,虽不免追随俗尚,或供揣摩,然要为远实用而近娱乐矣。"鲁迅这话说得很浅白,"远实用而近娱乐",就是要撇开喻道论政的路子,贴近人世间之喜怒哀乐,这跟近几十年来人们反对"工具论"的文学回归是一个道理。晋人《语林》《郭子》之类"俳谐之谈"算是一个不错的开头,而且好在并未导向今人所谓娱乐至死。及至《世说新语》,审美格调便有极大的提升,所以鲁迅给予很高的评价:"记言则玄远冷隽,记行则高简瑰奇,下至缪惑，亦资一笑。"因为记言记行都以审美对象为归向，中国文学从这里开始，人真正获得叙事主体的地位。

《世说新语》所写的虽然不是普通人，却是一幅幅剥离了权力背景的人物素描。就像曹操让崔琰做替身，自己假扮卫侍，那个匈奴使者还是看出榻旁捉刀人有王者范儿（《容止》），这才是人物本相。记述历史人物并不着眼其历史作用，而是以神采、局度、言语、情愫、意态之类加以品鉴与裁量，过去史传叙事中很少有这样的写法。譬如，写嵇康被诛，临行前索琴弹之，神气不变，唯作广陵绝响之叹（《雅量》）；写王戎家有好李，唯恐其良种外流，售出之前都将果核钻透（《俭啬》）；写桓玄幼时与诸从兄弟斗鹅，每每落败，夜里乃将各家的鹅都给杀了（《言语》）；写王徽之雪夜访戴，乘兴而来兴尽而返，偏是"造门不前而返"（《任诞》）；写桓伊为王徽之吹笛，"客主不交一言"的神契与矜持（《任诞》）……在个性发现之同时，亦标识了人物性格的着眼点。像王羲之闻贵家求婿而袒腹东床（《雅量》），像桓伊"每闻清歌"而"一往有情深"（《任诞》），像罗友入桓府蹭食而了无惭色（《任诞》），像郗恢眼见客人搬走自家毡毯不露忤色

(《任诞》)……数语之际,神色情态跃然纸上,而束缚于名教礼法的文学话语在这里已悄然遁迹。

这是着眼于林林总总的人格形态,这跟历史叙事有着本质区别,大抵不以治乱之道为旨要,也没有各种政治力量的交互角逐,甚至兴亡治乱中的生存境遇可以撇在一边,它摹写的是士大夫个体的心性和精神气质。这种刻画人物的手法有意疏离风谲云诡的历史轨迹,却并非绝缘于政治或时代背景——那些于史有征的人物本身即在历史之中。这里所要表现的是史家忽略的生命样态,聚焦于他们的言语、容止、性情,等等。这种间离手法在之前的史传著作中亦屡有所见,但《世说新语》完全以这种手法说事儿,这才是有意识地写人。

值得注意的是,对于那些被认为是谋篡或附逆人物,如王衍、王敦、桓温、桓玄、祖约数辈,《世说新语》几乎不以政治伦理原则作为评判,亦是偏注于人物才性与丰采。书中几处说到祖约(此人既从苏峻反叛,又降后赵),竟不乏褒誉之词,如王羲之称:"风领毛骨,恐没世不复见如此人。"王徽之则谓:"世目士少(祖约字)为朗,我家亦以为彻朗。"至于王导,与祖约更是投契:"王丞相招祖约夜语,至晓不眠。明旦有客,公头鬓未理,亦小倦。客曰:'公昨如是,似失眠。'公曰:'昨与士少语,遂使人忘疲。'"(以上均见《赏誉》)当然,不能据此以为《世说新语》没有是非准则。在那个兵燹迭现、政治扰乱的年代,王权的合法性其实都比较可疑,撰述者跳出史家叙事之"事理"窠臼,抓住人格形态去描述一个时代的衣冠之族,实在是具有某种超越性眼光。例如,《尤悔》篇王导对明帝叙说晋室历史一则,就可以看出统治者对自身合法性亦颇困惑——

> 王导、温峤俱见明帝,帝问温前世所以得天下之由。温未答,顷,王曰:"温峤年少未谙,臣为陛下陈之。"王乃具叙宣王创业之始,诛夷名族,宠树同己,及文王之末高贵乡公事。明帝闻之,覆面著床曰:"若如公言,祚安得长!"

所以,是否忠于晋室并不重要,重要的是人物本身,他身上有哪些东西值得一说。

《世说新语》不是体国经野的大文章,仅以片言只语品藻人物，却在中国文学史上率先确立了性格多样性和复杂性的审美意识，较之登高赋远的汉儒写作，这才是本真的人格叙事。从这里开始，小说叙事与历史叙事渐而分道扬镳。

"吴宫花草埋幽径，晋代衣冠成古丘。"诗人的感慨无非是史家的兴替观念，而《世说新语》的人物永远栩栩如生地呈现在后人面前。

2019年4月4日记

原刊《中华读书报·文化周刊》2019年5月5日

# 木犹如此，人何以堪

——桓温其人及《晋书·桓温传》之叙事学

一

《晋书》编目有个特殊之处，于诸臣列传之外，"四夷"和"载记"之间，又插入三卷列传（卷九十八至一百），分述王敦、桓温、祖约、苏峻等二十人。如此另册处置，无非叛臣奸佞之属。王鸣盛《十七史商榷》谓："王敦等聚于四裔（夷）之下，不名叛而叛显矣。"可《晋书》偏是不立叛臣奸佞之目，之所以"不名叛"，撰史者或亦拿捏不准。

某些人物是否可称叛逆，实是两说，譬如桓温。此公似有"不臣之心"，亦曾"以雄武专朝"，对皇权多有侵凌。但联系实际历史语境看,在与十六国割据政权的对峙中,东晋王朝君臣关系自有其特殊性。历史学家周一良认为,桓温与王敦大有不同,其早年建功立业之时未必已存心篡夺皇位,只是利用北伐为政治资本(这说法亦未免阴谋推定)。对于桓氏灭成汉和数度北伐,周先生都有正面评价,认为论功绩可与谢安相提并论(《魏晋南北朝史札记·晋书札记》)。人所周知,永嘉之乱后已是"王与马,共天下",王导主持江左大局,联合南迁门阀与江南士族共扶晋室,之后渐而是各自与司马氏共天下,此亦魏收所谓"君弱臣强,不相羁制"之局(《魏书·僭晋司马睿传》)。当然,此说只是强调君臣关系失衡,而东晋面临内外纷乱尚能延祚百年,实际上亦是强臣与朝廷互相制衡与扶持的结果,如桓温与简文帝,与中朝谢安、王坦之诸辈,相互掎止,也是相互依存,犹之围棋双方"共活"。这种"共天下"必然是一种政治妥协,本质上属于特殊情形造成的"共和"形态。

东晋"君弱臣强"之局,成因复杂。除了西晋八王之乱、永嘉之乱造成国势颓靡,内忧外患的纷杂局面，还有一个重要原因：君主不是幼年即位，就是享祚或享年相当短促。例如，元帝中年而夭，在位只四年；明帝在位二年，二十七岁死；成帝在位虽达十六年，死时才二十二岁；康帝在位二年，只活到二十三岁；穆帝二岁即位，十九岁崩；哀帝在位三年，二十五岁死；废帝虽成年登基，五年后即废黜；简文帝天年不短，活到五十三岁，但皇帝做了不到两年；之后孝武帝十岁嗣位，享祚二十四年，倒成了两晋在位时间最长的皇帝。

可是孝武登朝不几日，桓温就死了。桓温寿数不算很长，活到六十二岁，一生竟经历了九朝天子（还不算西晋最后两位），中间七帝串起他整个的政治生涯。历朝都是弱主，朝廷之外自然形成机枢，他前有王导、温峤，后有谢安，数辈强人自为中坚，大局如此。

二

桓温（312—373）字元子，出身世家，其父桓彝曾为明帝近臣，后补宣城太守。苏峻叛乱时，桓彝固守泾县而死，桓温时年十五，三年后手刃仇家数子，颇显豪士风概。其仕宦之初情形不详,《晋书》本传从他"选尚南康长公主,拜驸马都尉"说起,他二十四岁就成了琅邪太守,旋而又是徐州刺史(按,此琅邪、徐州均为侨置)。南康长公主乃明帝长女,明帝驾崩之日公主未成年,桓温才十四岁,选为驸马应在成帝时。不消十年,桓温已位陟显赫,为安西将军、荆州刺史。

穆帝永和二年(346),桓温率兵伐蜀,翌年灭成汉取益州,进位征西大将军。桓温西伐意义重大,蜀地富饶,得而有之,自是国之大利。再者东晋偏安江左,巴蜀势据上游,极易为其控扼。先前晋灭东吴就是借助长江水道之便利,"王濬楼船下益州,金陵王气黯然收",这才几十年前的事情。

之后,桓温北伐石赵,但穆帝对他这回的远征未予支持。军次武昌,被抚军会稽王司马昱(即后来的简文帝)拦阻,称其出兵唐突,使人"妄生疑惑""忧及社稷"云云。其时朝廷以殷浩为中军将军,都督扬豫徐兖青五州兵马北征许昌、洛阳。司马昱入朝辅政,力挺殷浩,用以掣制桓温。无奈殷浩屡战屡败,以致朝野皆怨,桓温趁势奏劾其罪,终被免为庶人。

此后内外大权归于桓温。永和十年（354），桓温再度北伐，欲拔除苻秦。晋军出荆益长入关中，大战白鹿原，进至灞上。当地百姓持牛酒迎于路者，耆老感泣曰："不图今日复见官军！"但此役最终也是无功而返，因苻健搞坚壁清野，断了晋军粮草。

本传记述桓温"自江陵北伐"一段，大约在穆帝升平年间。这回好像并未遭遇顽敌强力阻击，桓温率师进入洛阳，驻兵故都太极殿前，传曰："徒入金镛城，谒先帝诸陵。陵被侵毁者皆缮复之，兼置陵令。"但晋军南撤后，不仅洛阳，司豫青兖四州又重新沦陷。

哀帝时，桓温作还都洛阳之想，又欲北征。此时桓公头衔又加码，加侍中、大司马，都督中外诸军事。但皇上召他入朝参政，不许他率师远征，又加扬州牧、录尚书事。桓温已从荆益二州转进合肥一带，又移镇姑孰（今安徽当涂），但他拒绝入朝，上疏曰："至于入参朝政，非所敢闻！"他不愿"解带逍遥，鸣玉阙廷，参赞无为之契"，他激愤地剖露心迹："愿奋臂投身造事中原者，实耻帝道皇居仄陋于东南，痛神华桑梓遂埋于戎狄。"

## 建安二十六年

废帝太和四年（369），桓温率兵五万讨伐前燕。先期拿下湖陆、金乡（均在今山东济宁），借水道向邺都（前燕都城，在今河北临漳）进军。据《晋书》本传描述，其过程十分艰辛——"时亢旱，水道不通，乃凿巨野（巨野泽，即北宋梁山泊）三百余里以通舟运，自清水入河。"渡河后，在林渚（今河南新郑）与燕军大战，破敌至枋头（今河南浚县）。其时燕主慕容暐乞援于前秦苻坚，致使晋军遭遇秦燕两军夹击。桓温数战不利，竟又是军粮竭尽，"及闻［苻］坚师之至，乃焚舟弃甲而退"（《晋书·慕容暐载记》）。这回桓温折损三万余人，弄得有些灰头土脸。不过，本传对桓温北伐不利未予究诘，归咎粮草不给，似不忍抹杀其抗敌勇气和军事才能。

### 三

《晋书》本传"自江陵北伐"以下，至"师次伊水"一节，接连采入《世说新语》两则逸事。前者出自《言语》篇，其曰：

> ［桓］温自江陵北伐，行经金城，见少为琅

木犹如此，人何以堪

邪时所种柳皆已十围，慨然曰："木犹如此，人何以堪！"攀枝执条，泫然流涕。

之前叙述桓温调兵遣将部署军务，这里突然插叙其行军途中逸事，笔墨转向传主风神意慨。但钱大昕注意到《世说新语》本无"江陵"二字，且质疑曰："[桓]温自江陵北伐，何容取道江南邪？"江陵（今属湖北）在荆州，而钱氏考证，金城在丹阳郡江乘县（今江苏南京东北长江南岸），北伐师旅岂能向东南而行。他认为《晋书》受庾信《枯树赋》"昔年移柳，依依汉南"之语误导，"遂疑金城为汉南地耳"（《廿二史考异》卷二十二）。这不能不让人怀疑，本传关于桓温北伐之旅有移花接木或叠置叙事。

桓温早岁为琅邪太守，求朝廷割丹阳郡江乘县立为侨郡。此时行经金城，见当年所植之柳已长成大树，不由感慨岁月蹉跎。"木犹如此，人何以堪！"他已位极人臣，何以不堪，夫复何求？你能想到的，自然是北伐未成，中原尚沦于戎狄。如此情感与情怀流露，不同于奏疏文牍之慷慨壮语，是直面生命的真性情。但本传于此段之下，又引《世说新语·轻诋》一则,桓公与诸僚属登临眺瞩中原,慨叹神州陆沉,又讲述曹操宰刘表千斤大牛事,颇具警策之义。此际,桓大司马未免以魏武自况。与前者合而观之,似乎可读出另一层意思。

综观本传叙事,所谓桓温篡逆,并无任何实锤证据,却不乏以意逆志的种种逸闻。如借名士刘惔之口,称桓温"眼如紫石棱,须作猬毛磔,孙仲谋、晋宣王之流亚也",乍看似是赞语,但将桓温比作孙权、司马懿之辈,不啻说其觊觎天下。

传中又举述术士郭璞谶语,影射桓温篡夺之志——

曰:"有人姓李,儿专征战。譬如车轴,脱在一面。"儿者,子也;李去子木存,车(車)去轴为亘,合成"桓"字也。又曰:"尔来,尔来,河内大县。"尔来,谓自尔已来为元始,[桓]温字元子也,故河内大县,"温"也(按,"温"乃双关,司马懿,河内温县人)。成、康既崩,桓氏始大,故连言之。

史官采用这类测字算卦的八卦，乃于虚拟语境中展开诡异想象。不过，其根据只是成帝、康帝崩殂后，桓氏坐大的事实。可事实上桓温并没有篡位之举（未述及任何实质性举动），于是本传又引述一则更加诡异的故事，以破腹断足的血光之相告诫桓温，若做天子当有杀身之祸。此事采自陶潜《搜神后记》"比丘尼"一条，原文如下：

> 晋大司马桓温，字元子，末年，忽有一比丘尼，失其名，来自远方，投温为檀越。尼才行不恒，温甚敬待，居之门内。尼每浴，必至移时。温疑而窥之。见尼裸身挥刀，破腹出脏，断截身首，支分脔切。温怪骇而还。及至尼出浴室，身形如常。温以实问，尼答曰："若逐凌君上，形当如之。"时温方谋问鼎，闻之怅然。故以戒惧，终守臣节。

桓氏"终守臣节"，原来是有仙尼悬之惕厉之义。本传采入这个故事，给桓大司马终未僭位登祚做出某种解释。其实自汉末魏晋以来，"方谋问鼎"几乎被人视为英雄气概。

《晋书》诸臣列传多引晋人小说段子,温传亦是,如"木犹如此,人何以堪",如"君拜于前,臣揖于后"之类,均出自《世说新语》。刘义庆书中辑录桓温事略多达八十余条(几与王导、谢安相埒),且多有赏誉之言,这也见得晋宋士人对他的看法大体不坏。

## 四

桓温既总督内外,不断向诸帝灌输恢复大计,本传抄录桓温奏疏四章,皆属此例。其平生事略最重要者莫过于北伐,概要已如前述。不过,他在内政方面亦有深谋远虑,如本传举其"上疏陈便宜七事",并撮述如下:

其一,朋党雷同,私议沸腾,宜抑杜浮竞,莫使能植。其二,户口凋寡,不当汉之一郡,宜并官省职,令久于其事。其三,机务不可停废,常行文案宜为限日。其四,宜明长幼之礼,奖忠公之吏。其五,褒贬赏罚,宜允其实。其六,宜述遵前典,敦明学业。其七,宜选建史官,以成晋书。

这些举措皆着眼于风习教化和政府职事,从整顿官场风气、裁并政府机构,到典章制度、文化教育,皆有筹划。这里所谓"便宜七事",用现代语言来说,都是关乎国家长治久安的制度性安排,关乎意识形态和上层建筑领域。可见桓氏思虑长远,亦颇有治国理政之才,不只是一赳赳武夫。

此公还有一项重要政绩,这里不妨说一下。桓温在哀帝时主持"庚戌土断",为考课税收厘定法规,是当日振兴经济的重要措施。所谓"土断",简单说就是以土著为断,所有人等均按居住地入籍。因为东晋时,江南各地设立许多侨置郡县(按北方原有郡县名之),用以安置大量南迁的北方人口,这些流民在南迁士族庇护下,不负担官家租税徭役,桓氏搞"土断"就是厘改因侨置政策造成的人口隐匿和财税流失之弊。奇怪的是,此事《晋书·桓温传》并无记载,而《食货志》亦竟一字未提。查《哀帝纪》,只约略说及"大阅户人,严法禁,称为庚戌制"。倒是《宋书·武帝纪》有明文记述,因刘裕在晋时,亦曾依界土断侨民。安帝义熙九年,刘裕上表称:"大司马桓温,以民无定本,伤治为深,庚戌土断,以一其业。于时财阜国丰,实由于此。"

不能不说,庚戌土断带来的"财阜国丰",实实在在给东晋政权注入续命的活力。桓温死后,东晋又延续了近半个世纪,自是有财力支撑国家机器。王鸣盛《十七史商榷》有"东晋国势不弱"之说,其曰:"东晋君弱臣强,势则然矣。而其立国之势,却不为弱。刘琨、祖逖志在兴复,陶侃、温峤屡有诛翦。桓温之灭李势,谢安之破苻坚,刘裕之擒慕容超、姚泓,朱龄石之斩谯纵,皆奇功也。"王氏看重的是与北方割据政权的军事较量,但一切征伐背后自须相应的经济保障。其实,东晋最终亦未灭于"四夷",而是刘裕代晋称帝——刘宋接盘,复制了曹魏代汉、司马氏代魏的一幕。可见,王氏"东晋君弱臣强"和"国势不弱"之论,所言不虚。

本传"史臣曰"称赞桓温"挺雄豪之逸气,韫文武之奇才",又斥其"蓄无君之志""窥觎周鼎",可谓毁誉参半。史官总将桓温北伐解释为立功立威之私心，而诸葛亮亦连年征战，且未暇审视国计与内政，在人们眼里则是千古社稷之臣——界限在于所谓忠于不忠。

五

桓温备受非议，无外乎废立一事，就是废帝奕而立简文。此事因以"人伦道丧"为由（帝奕三子疑为嬖人所出），史家多认为是床笫之诬。《晋书·废帝纪》有谓：

> 初，桓温有不臣之心，欲先立功河朔，以收时望。及枋头之败，威名顿挫，遂潜谋废立，以长威权。然惮帝守道，恐招时议。以宫闱重闼，床笫易诬，乃言帝为阉，遂行废辱。初，帝平生每以为虑，尝召术人扈谦筮之。卦成，答曰："晋室有磐石之固，陛下有出宫之象。"竟如其言。

帝奕乃庸主，对桓温来说并不碍事，何故将他拿掉，好像也找不出别的理由。换上来的简文帝却是老油条，历宰三世，预事多年，而且与桓氏向有嫌隙。

如果说桓温操办废立之事是出于私欲,岂不是给自己添堵?史家侈言桓氏"不臣之心",都不说起这一层。《废帝纪》引录"晋室有磐石之固,陛下有出宫之象"的卦辞,不知是什么意思,倒是正好印证这事情的结果:拿掉帝奕,保住晋祚。

本传谓:当初废司马奕后,桓温入朝见简文帝,"既见,欲陈废立本意,帝便泣下数十行,(桓)温兢惧不得一言而出"。《简文帝纪》亦记述这一幕,而且还有另一幕,当时桓温以谋反之罪奏诛武陵王晞,简文态度很坚决,也很微妙——"帝不许,[桓]温固执至于再三,帝手诏报曰:'若晋祚灵长,公便宜奉行前诏。如其大运去矣,请避贤路。'温览之,流汗变色,不复敢言。"话说到这份上,让他觉得觳觫惶恐。不管他内心是否瞧不起司马昱这人,可他现在面对的是国之神器。

简文帝是他弄上来的,可他不是能够"挟天子"的狠角色。但另一方面,桓温这人矫厉的个性亦在在可见,晋帝的诏命多半对他不管用,他喜欢自行其是。他打破"礼乐征伐自天子出"的老例,皇上不许北伐,他照样出兵。天下乱成这样子,他大司马说了算。北伐不成，他就回姑孰老窝里待着，宁愿盘踞方镇，不留京都擅政。哀、废、简、孝四帝都曾召桓氏入朝参政，他一概拒绝。他不喜欢待在皇帝身边，或似乎有意跟朝廷保持某种距离。

桓温跟王敦不一样，虽总揽兵戎，功高盖主，却不像后者"奏事不名，入朝不趋，剑履上殿"那般跋扈。东晋政治向来以家族势力运作，王敦出于琅邪王氏，根基深厚，"将相岳牧悉出其门"（《王敦传》），这一点桓氏比不了。桓温未尝躁进篡夺，也许根本就没有那种打算。一个合理的解释是，他跟这套国家机器有着休戚与共的关系。

本传说，"[桓]温初望简文临终禅位于己，不尔便为周公居摄"。这种说法太不靠谱，桓温比简文帝年长八岁，不能预期他会死在自己前边。至于圣体不豫之际，谁知道他是否有过禅代之想，但史家喜欢讨论这种后设问题。本传就是拿他与其弟桓冲信中两句话来说事，"遗诏使吾依武侯、王公故事耳。王、谢处大事之际，日愤愤少怀"。这不能说明他有非分之想，他是对王坦之和谢安"处大事"而喷有怨言，他自知来日无多，已无力与之纠缠。简文临终前诏命桓温入朝,曰:"吾遂委笃,足下便入,冀得相见。便来,便来!"一日一夜频有四诏,桓温偏是托词不入。他疏表中有这样的话:"……但朽迈疾病,惧不支久,无所复堪托以后事。"这也是实话。简文不做禅代文章,桓温亦自无心自取,事实就是这样。

## 六

对桓温这类人物,后人往往以叛逆思想罪之,如王夫之《读通鉴论》斥桓温为贼为逆,其论相当苛刻。船山先生"理势合一"的历史观背后是华夷之辨的理想主义,故难免落实为君明臣忠的评骘标准。在复杂的历史情境中硬要追究忠诚与否,自然少有"理解之同情"。

不能不说,史官衡鉴人物往往带有成王败寇的势利眼,曹操、司马懿真正是当朝掘墓人,却未有篡逆之名(篡逆是小说家之言),就因为他们各自奠立了一个王朝。假如诸葛亮真要像刘备临终所言托付,如嗣子不才"君可自取",那算是代汉称帝还是篡位的伪主,似乎不好说,大抵要看其国祚气数长短。当然历史不可假设,只是作为假设的话题别有意趣。桓温死后，其幼子桓玄夺晋帝位立国，很快为刘裕所灭，他那个国号就被史家称作"伪楚"（桓玄实在是坑爹，这也是史家嘀咕桓温篡逆的重要缘由，此姑不论）。然而，刘裕代晋称帝，就堂而皇之成了刘宋。八百年后辛弃疾写下京口怀古的动人词句，"斜阳草树，寻常巷陌，人道寄奴曾住……"这是将历史转化为修辞，而修辞则凝固为某种情感。

至于桓温，为什么就不能有禅代之念？问题是，他有吗？

值得注意的是，《晋书》关于桓氏企望禅代或蓄谋篡逆的叙事，广泛采入小说、逸闻、卦辞、谶语等非历史文献，借以构成所谓"不可靠的叙述"。这不妨理解为一种反讽修辞，撰史者未敢对"不臣之心"视而不见，却留下作为质疑叙事真实性的伏笔。

说到底，桓温还是太"温"，终究未能豁出去。孝武帝即位时，他入京拜祭简文高平陵，在车上跟随从说，他像往常一样见到了先帝，谒陵时只听他连声嘟囔"臣不敢"。

其实，这是一个介于忠与不忠、果敢与游疑之间的复杂性格。在玄风大盛的觉醒年代（李泽厚所

建安二十六年

称"人的觉醒"时代），桓氏意识到忠诚无价值，而"木犹如此，人何以堪"，他只能继续扮演似醒未醒的角色。

2021年12月8日

原刊《读书》2022年第5期

附 录

# 时间、地理及三国史架构

## ——《三国志》阅读笔记

### 三国时间定义

东汉末年祸乱不断，黄巾造反，十常侍作乱，董卓擅朝，一波未平一波又起。盖因汉室衰落，诸镇和士族豪强趁势崛起，各以武力争天下。经过二十多年兼并战争，形成魏、蜀、吴三国鼎峙局面。然而，三国的存在只是一个短促的历史过程，前后不过几十年。魏、蜀、吴三国建政与消亡时间分别如下：

曹魏，公元220年至265年，凡四十六年。

蜀汉，公元221年至263年，凡四十三年。

东吴，公元222年至280年，凡五十九年（按，孙权迟于229年称帝）。

据此，三国作为一个历史时期，其时间跨度可以从东汉建安二十五年（魏黄初元年，220）献帝禅位、魏文帝曹丕登基算起，迄至东吴天纪四年（晋太康元年，280）末帝孙皓降晋为止。之前蜀汉已亡于曹魏，旋而司马炎以晋代魏，曹魏亦亡。所谓三国，亦即自魏、蜀、吴相续建国到三国归晋这一段，前后六十一年，一个甲子的轮回。这是万斯同《三国大事年表》给出的定义，今之《中国历史大辞典》（魏晋南北朝卷）亦持此说。

不过，除去以上六十一年之说，三国的时间界定尚有另外两种方式：

一者是下沿止于晋。根据帝王纪年定义，三国应该从魏文帝曹丕登基算起，至陈留王曹奂咸熙二年禅位、晋武帝司马炎践祚为止，也就是魏黄初元年至晋泰始元年（220—265）这一段。按朝代轮替，汉晋之间这四十六年是三国时期，其下限无须延至东吴灭亡。司马炎以晋代魏后，东吴国祚尚延续十几年，但因地缘格局变化，实际上它只是作为地方割据政权而存在。所以，史家多以魏晋为统绪，这也是《资治通鉴》编年纪事循从的体例。

一者是上沿向前推至汉末黄巾起事。说来有趣，这是小说《三国演义》的叙述时间，即以汉灵帝中平元年（184）为起点，下沿至司马炎灭吴（280），也就是晋太康元年一统中国，前后九十七年。小说家这个叙述时间，实际上是参照《三国志》的历史叙事来确定的。谢钟英《三国大事表》大体亦是这个时间段，只是谢表将起点上推至汉灵帝熹平元年（172）并不妥切（前十二年只录入孙坚破妖贼一事）。以纪传体书写的《三国志》虽无明确时间起点，但陈寿显然是在讨伐黄巾这个节点上将汉末诸镇引入叙述，因而后世的史学家们对三国历史亦通常作宽度观察。以中平元年为起点，是以大事件为标识，如曹操、刘备、孙坚、董卓、袁绍、袁术、刘表、吕布、陶谦、公孙瓒诸纪传，无不追溯到灵帝或十常侍时期的活动。因而，人们通常所说的三国，自是包括从征讨黄巾开始的历史过程，迨至魏、蜀、吴建国之前这个时间段，皆在其中。

建安二十六年

## 魏蜀吴三国之初建

曹丕受禅登基乃魏国建国之日，但陈寿是以曹操受封魏公作为魏国之初建。《魏志·武帝纪》建安十八年（213）五月丙申，献帝策命曹操为魏公，诏曰："今以冀州之河东、河内、魏郡、赵国、中山、常山、巨鹿、安平、甘陵、平原凡十郡，封君为魏公。"同年"秋七月，始建魏社稷宗庙"。"十一月，初置尚书、侍中、六卿。"这里提到所置尚书等职都是魏国之官。如《魏志·钟繇传》"魏国初建，为大理，迁相国"，《华歆传》"魏国既建，为御史大夫"，《王朗传》"魏国初建，以军祭酒领魏郡太守，迁少府、奉常、大理"，也是指他们在曹操时期的魏国所任之职。曹操作为汉相，实际上抛开了许都的汉廷班列（那只是名义上的中央政府），在邺城的魏国署置成了权力中枢。

土地人口（郡县）是立国之本，有了社稷宗庙和官府署置，曹魏俨然已成一国。这时候的魏国，名义上相当于汉初异姓王之封国。刘备作为汉中王时期的蜀汉，孙权受封吴王时期的吴国，亦为诸侯之国，各自政权来源于此，故而史家皆称之"初建"。

刘备入蜀五年后，于建安二十四年平定汉中，即自封汉中王。《蜀志·先主传》所载蜀汉群臣上表献帝的文告中写道："臣等辄依旧典，封［刘］备汉中王……以汉中、巴、蜀、广汉、犍为为国，所署置依汉初诸侯王故典。"在汉帝被曹魏挟持的特殊情况下，这种臣僚立君的王权授予并非不具合法性。刘备上表说明，这只是国难之际"依假权宜"的办法。他以宗室身份立诸侯国，自然是伸张"祚于汉家"的资格与权利。当年，灭秦后刘邦被封为汉王，领地就在汉中、巴、蜀诸郡，这是高祖重返关中的龙兴之地，刘备何尝不想复制从汉中出秦川的霸业之途。二十五年，曹丕以魏代汉，取缔了大汉国号。刘备一看母体不存，第二年便赶紧称帝，乃将自家的诸侯国升级为帝国，其年号"章武"。

同样，东吴初建亦在孙权称帝之前。《吴志·吴主传》曰："自魏文帝践祚，［孙］权使命称藩……"东吴因擒杀关羽怕刘备报复，投靠曹魏自是权宜之计。于是，曹丕策命孙权为吴王。跟曹操、刘备一样，孙权也是以藩王立国。但是曹魏的绥靖之策并未笼络住东吴，孙权作为魏国之藩国，却不用曹魏纪年，一开始它就有自己的年号，曰"黄武"。东吴占据荆、扬二州之大部，以及整个交州，本来就有自己的地盘和署置，国家实体已在，所以吴国的历史就从黄武元年（222）算起。这一年是魏黄初三年，蜀章武二年。但孙权七年之后才做皇帝，改用"黄龙"年号。

## 三国与三朝

陈寿撰《三国志》，面对三国鼎峙的格局，分别作《魏书》《蜀书》《吴书》。中华书局标点本（1959年初版）书前"出版说明"介绍说，这三部分在宋以前曾是独立流传，南宋以后的刻本才合为一史。其根据是《旧唐书·经籍志》将《魏书》归入正史类，而《蜀书》《吴书》则另入编年类，可见是三书而非一种。不过，仅据唐志很难说之前魏、蜀、吴一直是"各自为书"，更早的《隋书·经籍志》正史类所著录"《三国志》六十五卷"，显然是三书合为一体的本子（卷帙跟今之传本相同）。但不管《三国志》原是一史还是三书，它所叙述的魏、蜀、吴三国，是在共时态架构内不相统摄的三个主体。

陈寿作《三国志》，着眼于兴替轨迹，其叙史意态和手法表现出左右兼顾的暧昧特点。就是一方面承认分裂时期的政体国体,各述其事,不作简单的正邪之辨;另一方面并不掩饰其倾向性,乃将曹魏奉为正统,试图体现历史演化的某种目的性。可谓"笔则笔,削则削",自有其春秋笔法。不过,在陈寿之前,做曹魏历史的有王沈《魏书》、鱼豢《魏略》数种,东吴则有韦曜《吴书》,唯独蜀汉无史。陈寿撰史自然是利用了魏国、吴国那些史乘的基本材料,只有蜀汉史料是他自己采集。有一点不能不说到,史料亦是语料,利用人家的文本或素材,亦难免带有那些史官各自表述的意况。

陈寿三书,《魏书》三十卷,《蜀书》十五卷,《吴书》二十卷。《魏书》内容最多,是因为魏国幅员辽阔,人事广众;尤其陈氏以曹魏为正统,叙事愈求详尽,客观上可取用的材料亦多。除此,《魏书》还给一些既非魏国官员亦非曹营人物设传,如董卓、袁绍、袁术、刘表、吕布、臧洪、陶谦、公孙瓒之类。作为汉末诸镇,他们或曾与曹操处于敌对状态。将这类人物置于其中,体例上相当不谐。故刘知幾讥曰:"其于曹氏也,非唯理异犬牙,固亦事同风马。"(《史通·断限》)陈寿这样处理,无非是因为曹魏建国乃所谓"以魏代汉",法理上继承了前朝的一切,所以只能将那些汉末方镇归置于魏。

当然,刘备亦以宗室血脉主张承祧汉室的权利,只是历史未予蜀汉这份资格。蜀汉的正式国号就是"汉"(承绪两汉之"汉"),陈寿以"蜀"名之,就是褫夺其继承权。其实,《蜀书》亦收入若干汉末人物,譬如刘焉、刘璋父子。刘备入蜀前他们父子先后为州牧,虽说与刘备同属汉宗室,但二人与蜀地之"汉"并无半点关系,刘备取益州乃鸠占鹊巢,最终靠武力打进来,将刘二牧塞到这儿大概算是"属地管辖"。

至于《吴书》,开卷《孙破虏讨逆传》也是两位汉末人物,乃孙权父兄孙坚和孙策,是他们父子奠立了东吴基业,置于卷首自是顺理成章。但《吴书》亦有乱开户头的问题,孙权和三位嗣主传以下便是刘繇本传,这有点类似《蜀书》按地域归置的做法。献帝兴平中,刘繇为扬州牧,与袁术、孙策争夺地盘,其活动范围主要在后来成为东吴疆域的那些地方。这样一个本非孙氏集团人物,按说亦应于《魏书》设传才是。

## 时间、地理及三国史架构

《三国志》体例不是必须讨论的大问题,三国史叙事框架很难找到一种合理体式,陈寿的处置实是勉为其难。清人牛运震批评陈寿多有吹毛求疵之语,其谓"卓、表、二袁等皆属汉季群雄,应入后汉,不得属之三国"(《读史纠谬》卷四),他只考虑体例整饬,实是割裂了叙史脉络。三国的历史首先是三国之前那些人物所创造,若是撇开那些汉末人物,说不清三分天下的局面是怎么来的。从黄巾作乱到三国归晋,是一个持续兼并和重新洗牌的过程,所以就三国史而言,被转述的历史存在乃史家眼里的王道之轨,而非一个王朝的故事。

所以,三国的人与事,实际上涉及三朝。其上端包含了东汉灵帝以来的主要史实,而献帝在位的三十三年尽在其中;下端则兼容晋朝开国之初的十六年,其间活跃着一大堆由魏入晋的人物,如羊祜、杜预、卫瓘、贾充、王濬、阮籍、嵇康等等。当然,还有晋武帝司马炎,还有司马炎追谥的宣(懿)、景(师)、文(昭)三帝,亦在故事之中。

不到百年的三国,实是折叠了汉末与晋初,两头跨界正好占了一半。

建安二十六年

## 魏蜀吴三书，何以曰"志"

三国之学形成于清代。学者著文引用《三国志》魏、蜀、吴三书，渐而形一种成规矩，不作"魏书""蜀书""吴书"，概称"魏志""蜀志""吴志"。如王鸣盛《十七史商榷》、赵翼《廿二史札记》、钱大昕《廿二史考异》提到三书就各称某志。周一清《三国志补注》卷一至卷五标目犹作"魏书"，卷六以下改称"魏志""蜀志""吴志"。潘眉《三国志考证》目录列魏蜀吴三书，行文皆称"志"。梁章钜《三国志旁证》则是"魏书""魏志"混着用。至于近世以来，皆称各"志"，而不以"书"名。

清人周中孚对此颇为不解，乃谓："三国志，大名也；魏书、蜀书、吴书，小名也。《蜀书·杨戏传》云：'戏以延熙四年著《季汉辅臣赞》，其所颂述，今多载于《蜀书》。'又，《董允传》注，论陈氏立《夏侯玄传》，亦曰'《魏书》总名此卷云《诸夏侯曹传》'。此其证也。但自来引者，俱曰魏志、蜀志、吴志，岂因大名而改称欤？"（《郑堂札记》卷五）按，其谓"《董允传》注"，实为该传所附《陈祗传》裴松之注。文中所举二例，用以证明陈寿原著和裴注引其书名是"书"而不是"志"。作为目录学家，周氏亦竟疑惑，以为"小名"跟从"大名"而改。

其实，晋宋之时已有改称某"书"为某"志"之例。如《武帝纪》建安十三年，裴注引孙盛《异同杂语》曰："按《吴志》刘备先破公军……"云云。又如《先主传》"先主至京见权，绸缪恩纪"语下有裴松之案："《魏书》（按，指王沈《魏书》）载刘备与孙权语，与《蜀志》述诸葛亮与权语正同……"但事实上，裴松之注释中"书"和"志"两种写法都有。其曰"书"者，尚不止周中孚所举二例，如《吴志·鲁肃传》裴注辨刘备、孙权连横之计所出，亦有"《蜀书》亮传云……"之语。

学人文章里改"书"为"志"，大抵有一个好处，可以避免《三国志》之《魏书》《吴书》与王沈《魏书》、韦昭《吴书》相重名而造成混淆（当然，还有二十四史中关于北魏的《魏书》）。但是避免了与他书相混，却将目录学家搞糊涂了，以为是行内切口。

不妨指出，《旧唐书·经籍志》著录《三国志》，分作三书，书名各是《魏国志》《蜀国志》《吴国志》。

这是其"各自为书"时期的书名，而"魏志""蜀志""吴志"或是其简称，倒未必是"小名"跟从"大名"而改。

书名歧出的源头或来自书坊，旧时《三国志》某些版本亦作"魏志""蜀志""吴志"之目，如明末毛氏汲古阁刻本即是。但因金陵书局同治覆刻本（简称"局本"）改作"魏书""蜀书""吴书"，又延至中华书局标点本。

### 陈寿的大叙事意图

陈寿撰《三国志》以曹魏为正统，虽说不尽合理，体例上亦显得别扭，却代表了某种构想性的叙事意图，就是企图寻找一种统辖性的历史存在。三国故事前有曹丕以魏代汉，后有司马氏以晋代魏，在他眼里，汉—魏—晋，连成一条线，就是一个实体。

秦汉时期形成的大一统局面是可以产生多种解释的历史记忆，从秦始皇"车同轨，书同文"到汉武帝时"独尊儒术"，帝国的专制已是无远弗届。但另一方面，用钱穆的话来说，那正是"国家民族之抟成"（《国史大纲》第三编第七章）。这种"抟成"，核心是建立中央集权的行政框架，将春秋战国以来裂土分封的贵族专制改造为具有行政意义的郡县制度，这样政治上似乎就顺理成章地纳入儒家先贤设计的礼治之道。可是东汉末年的乱局打破了这种大一统，士族豪强以武力纷争，似乎一切又回到了战国以前的局面。顾炎武称战国时期"邦无定交，士无定主"（《日知录》卷十三），其实三国时期亦是如此。不必说反复无常的吕布，就连刘备也是今儿挂靠曹操，明儿投奔袁绍，跟吕布好过又闹掰。战事纷纭之际，亦是政治伦理混乱时期。陈寿以曹魏为正统，显然是基于以魏替汉这样一个事实，自然将王朝兴替作为合法性的历史演化轨迹，成王败寇即是政治正确的伦理逻辑。所以，他极赞曹操"终能总御皇机，克成洪业者"（《魏志·武帝纪》评曰）。

在陈寿眼里，重要的是抽象的圣王之道，并没有具体的"国家"观念。或者说，他的国家意识形态就是宗庙社稷之类。譬如，他一再记述曹魏诸帝庙祭之事，而蜀汉、东吴这方面的缺失无疑道出草创之国的寒碜与简陋。

## 《三国志》之缺失

在二十四史中,《三国志》跻身"前四史"之列,向为学者视为良史(《晋书·陈寿传》有"善叙事,有良史之才"之语)。其实,它只是占据历时性序列中的一个位置。质实而论,这部史著既不能与《史记》《汉书》相提并论,比起后之《宋书》《魏书》亦见逊色。

首先,《三国志》没有志表就是一大缺陷。因为没有礼乐、职官、天文、地理、兵刑、食货这些关于制度和国情的概述,而散见于纪传中的记载则难称完整,这就给读者和研究者带来诸多不便。例如,稽核地理问题,人们只能参考《续汉书·郡国志》或《宋书·州郡志》(顾炎武《日知录》卷二十六:"陈寿《三国志》、习凿齿《汉晋春秋》无志,故沈约《宋书》诸志并前代所阙者补之。")。像曹魏搞屯田水利之事,还得从《晋书·食货志》里去找材料。至于诸王将相世系年表之类,亦一概阙如,读者要从列传中寻绎人物代际关系实在比较麻烦,以至于万斯同等清代学者给《三国志》所做补表就有十几种之多。其实,沈约为南朝宋修史已注意到《三国志》之缺失，故《宋书》律历、礼、乐、天文、符瑞、五行各志对三国事况都有大量补述。

其次，魏、蜀、吴三书厚此薄彼，过于向曹魏倾斜，以致体例明显失衡。像三国这种摆脱了中央政府的分裂朝代，跟战国时期颇为相似，但不同的是，魏、蜀、吴三方并非诸侯割据，秦汉以后的国家观念已非战国时期，三方立国都是以本国混一天下的帝国模式。陈寿以曹魏为正统或有一定道理，但《三国志》体例安排，既是反映了三国鼎峙的基本事实，却又过于凸显曹魏政权的合法性。比如，只有《魏志》作帝王本纪，而蜀、吴诸帝一概置于列传，只是给予蜀、吴二国相当于霸府的地位。唐人李延寿修《南史》《北史》，将分裂对峙的南北各朝政权，分别作宋、齐、梁、陈本纪和魏、齐（北齐）、周、隋本纪，就是据于客观事实的安排。这不单是帝王的身份规格，也是怎样看待一种历史存在，因为这里牵涉到帝制时代若干国家伦理问题。

《三国志》素称记事简率，其实不乏草率之弊。牛运震《读史纠谬》、赵翼《廿二史札记》、钱大昕《廿

## 建安二十六年

二史考异》等,对陈寿记事误处多有指正,这里不遑细述。说到记事草率,《蜀志》尤甚。如《先主传》关于刘备早期活动叙述相当破碎零散,讨黄巾之后刘备辗转各处,八九年间军政履迹只用不到两百字篇幅来交代。之初,刘备于乡里募合徒众,关羽、张飞就来入伙,但《先主传》直至建安四年(199)刘备杀徐州刺史车胄时才提及关羽,而八年之后当阳兵溃之际张飞始方露面,此前十几年二十多年这两人好像不存在。刘备在荆州期间最重要的一件事就是得诸葛亮,陈寿偏略去不写,只以"荆州豪杰归先主者日益多"一句带过。虽说纪传体叙事有"一事不两载"之说(刘备诣亮与召募关、张,分别记于各自本传),但这里不作交代终显窳陋。其实,陈寿笔下不乏"一事两载"之例,如吕布遣高顺攻刘备,曹操派夏侯惇救援,这等事儿《武帝纪》和《先主传》几乎以同样笔墨记述。

《廿二史札记》还指出,《三国志》对曹魏多有回护,如替曹操征陶谦编织致讨之罪,隐匿魏文帝甄夫人暴亡之迹,将刘放、孙资写成正人君子,等等。但是他忘了举述一些更重要的事例。比如,赤壁之战曹操落败,《武帝纪》只一两句话交代,归咎于疫情致

"吏士多死者",而官渡之战曹胜袁败,陈寿则大书特书,一番曲折过程写得绘声绘色,甚至不吝写到战术层面,如双方垒土山挖地道之类。多见学者赞誉陈寿叙事干净简洁,可是那些缺乏剪裁的冗繁表述却往往不被人提及。

## 《魏志》缺省司马氏祖孙四传

《魏志》有一个重要缺省,就是少了司马懿、师、昭、炎祖孙四人的列传。陈寿不予司马氏祖孙设传,乃是避讳之故。因司马炎受禅做了皇帝,尊祖父司马懿为"宣皇帝",伯父司马师为"景皇帝",其父司马昭为"文皇帝",一家子都搞成皇帝麻烦就大了。虽说宣、景、文皆虚号,亦奉祀于宗庙。陈寿以晋臣身份撰史不能无视那些牌位——若置于列传,无法避其名讳,干脆作缺省。以后唐人撰《晋书》,在武帝司马炎之前,专列宣、景、文三帝纪,都是正经按皇帝规格来供奉。

不作司马氏祖孙四人列传,给读者造成极大不便,要了解他们的事略,只能到《三国志》相关纪传中去搜寻。因为避讳,其中自然不是直书其名,如司马懿尊称"司马宣王"或"宣王",凡提到他的地方都这样变通处理,这是提前给人加封。大概陈寿自己也觉着这么称呼未免别扭,所以《武帝纪》是从头到尾不提司马懿。司马懿是曹操早年亲自收罗的人才,曹为丞相后他就是掾属(见《晋书·宣帝纪》),若先以"宣王"名之,实在不成体统。《魏志》最早提到司马懿是在《文帝纪》末尾,也就是曹丕临死前,诏命司马懿与曹真、陈群、曹休等人共辅嗣主。在曹魏政权中,之前不曾露面的"司马宣王",一出场就进入了权力核心,成了顾命大臣,给人感觉十分唐突。

当然,这事情不能全怪陈寿。史家对本朝皇帝的避讳,自《史记》《汉书》已成定例,如太史公作《孝武本纪》,称汉武帝为"今上"或"上",抑或"今天子"。说来史汉二书有其幸运之处,就是没碰上司马懿祖孙这类前朝为臣本朝为帝的主儿,无须多重避讳,从而避免了此等缺漏。当然,那是因为司马迁、班固未曾身历二朝。

但不管怎么说,陈寿不设司马氏诸传,确实开了一个不好的先例,其后范晔撰《后汉书》就不列曹操传。曹操亦虚名皇帝,被他做了皇帝的儿子曹丕尊为

"武皇帝"。范晔是南朝宋人，跟曹魏还隔着两晋，其实犯不着这么小心从事。不过，《后汉书》董卓、袁绍、刘表诸传中倒是直书曹操名字，这是仿照太史公作《秦始皇本纪》的做法。因为是前朝，太史公直截道出始皇帝名为政，二世名胡亥。但范晔只会照搬成例，至于如何处理后来被追封为帝王的人物，《史记》没有现成样板，他便照着陈寿避讳司马诸帝的做法，干脆绕开曹操。

之后，这种避讳自是成了史官家法。唐人令狐德棻撰《周书》，魏徵撰《隋书》，都未给李渊立传。宋代薛居正、欧阳询作新旧《五代史》，亦不作赵匡胤传。所谓断代史，就这样隐去若干重要的当事人和许多历史细节。避席畏闻文字狱，史家岂敢不玩历史虚无主义。

## 《后汉书》与《三国志》

后汉乃三国前史，汉末一段且与三国前期相重叠，故《后汉书》灵帝、献帝二纪，可补《三国志》帝王纪传编年记事之缺。

灵帝一朝变故甚多，如十常侍擅朝，外戚与党人结援,黄巾作乱则诸镇蜂起,末了太后临朝,董卓入京……各种势力互相绞杀,三国叙事由此拉开序幕。至于献帝,先为董卓裹胁,后被曹操挟持,可谓生而屯难。其在位长达三十二年,只是一个摆设。本纪概述一朝之事,说到他本人的只是长安之乱后流徙各处的凄惨景况(此节远比《魏志·武帝纪》所记详尽),除此之外几乎都是他人的故事。作为一个历史时段的大事记,灵、献二纪之叙事大抵与曹操生平相始终,与《魏志·武帝纪》参互阅读,可提挈魏蜀吴建国之前的历史线索。

当然,《后汉书》自以汉室为纲纪,其叙史立场与《三国志》迥异,对于曹操的僭逼并不为之讳饰。譬如,曹操受魏公、魏王之事,《魏志·武帝纪》称"天子使御史大夫郗虑持节策命为魏公""天子进公爵为魏王",而《后汉书·献帝纪》则谓:

> [建安]十八年夏五月丙申,曹操自立为魏公,加九锡。
> 二十一年夏四月甲午,曹操自进号魏王。

一者谓天子"策命",一者是"自立""自进"。陈寿所谓"策命",很难说一定是臆造,但大抵也是表面文章。史家对同一桩事情做不同的表述,不能不让人们对于历史书写背后的动机产生兴趣。《后汉书》出在《三国志》之后,撰者范晔是南朝刘宋士人,与陈寿相去一个半世纪,如果说陈寿作为晋臣,其撰史着意构建"汉—魏—晋"的统绪,范晔则无意参与那种大叙事接龙,自不必回护曹魏政权的合法性,不做任何矫饰。譬如,汉魏禅代之事,《后汉书》表述为"皇帝逊位,魏王丕称天子",不作"禅位"之说(虽说"逊"也是"让"的意思,但"逊位"不等于君权授予和让渡)。

《后汉书》与《三国志》有一些篇目相同的人物列传,如董卓、袁绍、袁术、刘表、刘焉、吕布、公孙瓒、陶谦、荀彧、孔融、臧洪、华佗等。《三国志》除了刘焉见于《蜀志》,其他都在《魏志》。另外,《魏志》乌丸、鲜卑、东夷诸传,在《后汉书》里亦有同类篇目。二书相重的这些列传,范晔的传述要比陈寿来得详尽,甚至篇幅倍之。不过,更值得注意的是,两书材料取舍有明显差别。例如,范书《刘表传》记刘表初为荆州刺史采用蒯越之议，诱使宗部大佬聚会，"皆斩之而袭取其众"，由是而"江南悉平"，足见其雷霆手段。《魏志》本传不记此事，但有裴注引述司马彪《战略》一节（与范书所述略同，二者应为同一来源）。陈寿叙事不及此端，自然另有关注点。又如，范书称刘表"威怀兼洽"及"爱民养士"，陈寿则凸显其"外貌儒雅，而心多疑忌"的一面。

自东汉史官修撰《东观汉记》以来，三国两晋史家撰述纪传体东汉史已有多种，如谢承《后汉书》、薛莹《后汉记》、司马彪《续汉书》、华峤《汉后书》、谢沈《后汉书》、袁山松《后汉书》、张璠《后汉记》、袁宏《后汉纪》等。但唐宋以后，除袁宏《后汉纪》外，晋之前其他东汉各史皆亡，清人汪文台辑有《七家后汉书》，可备参考。

## 州郡与三国政区地理

自黄巾事起，州郡皆拥兵自卫，地方豪强迅速崛起。《武帝纪》初平元年（190），袁绍倡议讨伐董卓，州郡纷纷响应，同时起兵有后将军袁术、冀州牧韩馥、豫州刺史孔伷、兖州刺史刘岱、河内太守王匡、陈留太守张邈、东郡太守桥瑁、山阳太守袁遗、济北相鲍信等，袁绍其时挂职渤海太守，自在诸镇之列。曹操不在州郡，但从兖州陈留募集义兵而来。据《后汉书》袁绍等传，起兵者尚有广陵太守张超、长沙太守孙坚、青州刺史焦和。《三国演义》将此描述为十八路诸侯大战虎牢关，但刘关张跟从的公孙瓒实未在其中，另外像孔融、陶谦、马腾也是小说家凑泊之数。不过，小说的虚构只是放大了州郡举师的一个历史瞬间。

从何进、袁绍召外镇入京（召来了董卓），到诸镇讨卓，再到群雄逐鹿中原，汉末三国之际的国家叙事已演绎为州郡层面的诸侯战争。之前汉景帝时七国之乱，之后西晋八王之乱，都是内卷性的王室战争，而汉末诸镇则是世族与草根并起，呈现去中心化的地域特点。

州郡是军政实体，亦是政区地理概念，有州郡之名便是一方诸侯。所以，刘备得徐州而骤然跻身诸镇之列；吕布要跟刘备争徐州；东吴孙氏要跟袁术争扬州，又跟荆州刘表死磕。袁绍、曹操早年皆为西园八校尉，欲整顿朝纲还须仰赖地方势力。曹操实于兖州起家，讨卓时在陈留募合义兵。初平二年，引兵入东郡击黑山贼，因之袁绍表为东郡太守，继而领兖州牧。翌年大破入境青州黄巾，受降三十余万士卒，"收其精锐者，号为青州兵"。陈留、东郡均在兖州地界，曹操早年部曲皆来自此。

自秦初设三十六郡以来，两汉大部分时期，郡（国）是一级政区（郡国并称的"国"是郡一级的侯王封地）。据《续汉书·郡国志》，至东汉顺帝时，郡（国）已达一百零五。除疆域变化因素，新增之数概由原有郡（国）析置。至东汉末期，政区架构改为以州领郡，州取代郡（国）成为行政大区，之前以郡统县的两级区划变成了"州—郡—县"三级制。

汉末三国时期共有十四个州，即幽、冀、青、徐、兖、豫、并、雍、凉、荆、扬、益、交和司州。州的设立起于西汉武帝建立的刺察制度，其初所置十三刺史部，是作为刺史的巡察区域，并非行政区，又称"部州"或"州"。十三刺史部（原有朔方而无雍州，东汉光武帝建武十一年朔方并入并州，献帝兴平元年析凉州四郡置雍州，其数仍为十三），加上监管京畿周边地区的司隶校尉部（即司州），就是后来十四个州的来历。后来刺史的监察权逐渐代入一州之行政权和兵权，至灵帝时因刘焉建议改刺史为州牧，坐实了各州的军政大权。三国时期延续了这种以州领郡的格局，只是州牧与刺史两种官职始终参差并存。

虽说是以州领郡，但郡（国）仍有其独立性，因而在汉末乱局中亦见州郡叠加并置的阵势，如上述讨卓诸镇，有冀州牧韩馥，也有渤海太守袁绍（渤海郡属冀州），有兖州刺史刘岱，也有陈留太守张邈、东郡太守桥瑁、山阳太守袁遗、济北相鲍信（陈留、东郡、山阳、济北国均属兖州）。

## 魏蜀吴之版图

魏蜀吴三国号称三足鼎立，其实土地人口相差很大。曹魏幅员辽阔，长江以北，辽东至西域，皆是其国土；据有司、幽、冀、青、徐、兖、豫、并、雍、凉十个州，以及荆、扬二州之北部，还有西域长史府所辖地域。蜀汉仅得益州，包括今之云南、贵州和四川大部，甘肃、陕西一部分，还有缅甸北部地区，但以一州而论，其面积甚广。东吴占有荆、扬二州大部，以及整个交州；长江以南中东部地区尽在其版图中，包括今之两湖、江浙至闽粤，并延及越南中部。三国疆域具体划界，可见谭其骧主编《中国历史地图集》（第三册，三国时期）。总之，以国土和人口寡众比较，魏国体量最巨，吴次之，蜀最小。不过，如果不计入魏之西域长史府，仅以州郡论其面积，三者相差不算太悬殊，只是人口呈梯度差距（三国人口问题颇为复杂，古今学者都有争议，这里不讨论）。

然而，三国鼎峙局面终究维持了四十余年，地理和地缘因素不可忽视。

魏蜀两国以秦岭为屏障，尽管诸葛亮、姜维不断越境北伐，终是寸土未得，而直到邓艾、钟会入蜀之前，两国边境没有明显变化。魏吴之间有长江天堑阻隔，但东吴地盘不尽于长江以南，它在荆、扬二州江北占有数郡，构成西南—东北走向的狭长缓冲区。这片江北（西）领土倒是曹操拱手相让，《吴主传》谓：赤壁之战后，"曹公恐江滨郡县为（孙）权所略，征令内迁。民转相惊，自庐江、九江、蕲春、广陵户十余万皆东渡江，江西（按，指建业以西至皖口一段）遂虚。"又，《宋书·州郡志》亦谓："三国时，江淮为战争之地，其间不居者各数百里。"东吴以江北（西）为营，屡出濡须口向巢湖、合肥方向进攻，但终而未能蚕食魏国地盘。三国之中，曹魏实力虽强，自建国以后，却较少主动出击蜀汉和东吴，这也是三国边境大致不变的原因之一。

疆界变化最大之处在于蜀吴边境，具体说就是荆州。赤壁之战后，刘备掌握大半个荆州，后来因东吴讨要，让出长沙、零陵、桂阳三郡。建安二十四年（219）秋，蜀汉初建，其时尚据有洞庭及湘水以西部分。是年冬，东吴擒杀关羽，蜀汉所占荆州土地尽皆丧失。

## 《郡国志》与《州郡志》

《三国志》无志表，有关三国地理情形，可资参考的文献首先是《续汉书·郡国志》和《宋书·州郡志》，其次是郦道元《水经注》，以及《太平寰宇记》《舆地纪胜》等几部著名地志记述州郡沿革的内容。

司马彪《续汉书》纪传已佚（今存清人汪文台辑本），今存律历、礼仪、祭祀、天文、五行、郡国、百官、舆服等八志，保存于范晔《后汉书》。范书本无志，南朝梁人刘昭注书时用《续汉书》八志补入，

建安二十六年

宋代以后这八志就与《后汉书》合刊为一书,得以流传至今。其《郡国志》,仿照《汉书·地理志》体例,"记天下郡县本末,及山川奇异,风俗所由",尤其录入东汉以来之郡县分合变异,比较接近三国时期实际情况。司马彪是西晋史家(晋宗室,司马懿侄孙),他记述汉末诸镇事况的《九州春秋》(亦佚)多为裴松之注《三国志》引用。因其生活年代距离汉末三国不远,《郡国志》对于三国政区地理自是必不可少的参考文献。而且,刘昭的注释补充了原文未详之处,故此志常为学者考证援用。但后世著述者引书亦常有舛误,如梁章钜《三国志旁证》,引用此志每每误作"《后汉书·郡国志》"。

《郡国志》说的是三国之前,而《州郡志》所载则是三国以后。沈约撰《宋书》是在南朝齐梁之间,与三国隔了晋宋两代,加之南北朝分治,政区变化很大。不过,《宋书》各志有一个特点,就是尽可能将每一种典章制度追溯到两汉之前,而《州郡志》对三国时期郡县政区沿革皆有载录,这一点对读史者特别有用。譬如,扬州吴郡诸县,三国吴多有更名或析置,此志说明甚详:

嘉兴令，此地本名长水，秦改曰由拳。吴孙权黄龙四年，由拳县生嘉禾，改曰禾兴。孙皓父名和，又改名曰嘉兴。

富阳令，汉旧县。本曰富春。孙权黄武四年，以为东安郡。七年，省（按，即撤销）。晋简文郑太后讳"春"，孝武改曰富阳。

桐庐令，吴分富春立。

新城令，浙江西南名为桐溪，吴立为新城县，后并桐庐。

……

三国魏蜀吴三方都曾于荆州建制，以致郡县改易频数。如宜都之立，《州郡志》参互晋宋地理文献，梳理如下：

宜都太守，《太康地志》（按，即《晋太康三年地记》）、王隐《地道》（按，指王隐所撰《晋书地道记》）、何志（按，并指何承天、徐爰所撰《宋史·州郡志》）并云吴分南郡立，张勃《吴录》云刘备立。按《吴志》，吕蒙平南郡，据江陵,陆逊别取宜都,获秭归、枝江、夷道县。初,[孙]权与刘备分荆州,而南郡属备,则是备分南郡立宜都,非吴立也。习凿齿云,魏武平荆州,分南郡枝江以西为临江郡,建安十五年,刘备改为宜都。

曹操析南郡置临江郡,刘备改临江为宜都,《武帝纪》《先主传》均不载,《州郡志》综核诸家之说以补史阙。

## 《三国志》所载汉宗室人物

汉末兵乱之际,诸镇豪强几度谋废立之局。《魏志·武帝纪》:汉灵帝末年,"冀州刺史王芬、南阳许攸、沛国周旌等,连结豪杰,谋废灵帝,立合肥侯。"此事终而未成,陈寿归咎于曹操"拒之",华歆"止之"(见武纪、歆传),未必可信。灵帝之后,太子辩即位,乃少帝。旋而董卓入京,废少帝而立陈留王协,即献帝。幼冲践祚的献帝便为董卓所胁持,兴平元年(194)被劫徙长安。这时,袁绍和冀州牧韩馥谋立刘虞为皇帝,但刘虞"终不敢当",硬是不肯入彀。

所谓废立，不是推翻旧朝，而是在宗室人物里边另择新君。

汉高祖刘邦生了八个儿子，四百年来胙土分王，瓜瓞绵绵，汉家人丁不知凡几。即使献帝时期，汉家封侯嗣国的制度依然未绝，如光武帝子刘京一脉的琅邪国，直至建安二十年仍在（见《后汉书·光武十王传》）。可是，《三国志》明文记载的汉家裔胄委实不多，只是刘虞、刘表（子琦、琮）、刘焉（子璋）、刘备、刘晔、刘繇（兄岱）、刘放等十余者，至于谋立未成之合肥侯则不详其名。

《三国志》未予刘虞立传，其事略散见曹操、袁绍、公孙瓒、田畴诸纪传。袁绍、韩馥谋立之事，《后汉书·刘虞传》记述稍为详细：

> ［初平］二年，冀州刺史韩馥、渤海太守袁绍及山东诸将议，以朝廷幼冲，逼于董卓，远隔关塞，不知存否，以［刘］虞宗室长者，欲立为主。乃遣故乐浪太守张岐等赍议，上虞尊号。虞见岐等，厉色叱之曰："今天下崩乱，主上蒙尘，吾被重恩，未能清雪国耻。诸君各据州郡，宜共

勠力，尽心王室，而反造逆谋，以相垢误邪！"固拒之。

范书本传还提到一件事，就是刘虞暗遣田畴奉使长安，计议迎献帝东归之事。但据《魏志·田畴传》，未及其归来，刘虞已为公孙瓒所害。田畴痛斥公孙瓒，有谓："汉室衰颓，人心怀异，唯刘公不失忠节！"范书亦大赞其"能厉行饬身，卓然不群"，慨叹曰："刘虞守道慕名，以忠厚自牧，美哉乎，季汉之名宗子也！"

刘虞是东海恭王彊之后（范书本传李贤注引谢承《后汉书》），而恭王刘彊是光武帝刘秀长子（范书《光武十王传》谓，刘彊本为太子，因母郭后被废，逊而降为藩王）。再往上追溯，光武出自景帝子长沙定王刘发一脉。说来也巧，汉末三国这些个宗室多为景帝之胄。刘表、刘焉都是景帝子鲁恭王刘馀之后。刘晔系光武子阜陵王刘延一支，亦景帝余绪。还有以靖匡王室相标榜的刘备，乃景帝子中山靖王刘胜之后。唯有刘岱、刘繇兄弟和刘放例外，前者为高祖子齐悼惠王刘肥后裔，后者出自广阳顷王子西乡顷侯刘容，系元帝一脉。

汉末的复杂事态表明，通常不太可能参与王室夺嫡争位的宗室支属，在此乱局之中亦具有承祧的潜在资格。虽说刘虞不存此念，而刘焉、刘表却不无僭妄之心。刘焉由朝枢外任州牧，本意在南方交州，但精通图谶的侍中董扶撺掇他去益州，谓"京师将乱，益州分野有天子气"，一语激活了他帝胄血脉中的狂躁之念。他治蜀七年，"僭拟至尊"，是要伺机称帝，连舆服都准备好了。荆州刘表报奏朝廷，以"子夏在西河疑圣人"的典故，指刘焉有不臣之心（《通鉴》胡三省注"表盖言焉在蜀僭，疑使蜀人疑为天子也"）。《蜀志·刘二牧传》叙述的刘焉故事颇具谶纬色彩，最后竟是"天火烧城，车具荡尽"，他一气之下痈疽发背而亡。所谓"益州分野有天子气"，后来果真应验，却是另一宗室人物刘备做了皇帝。陈寿将本与蜀汉无关的刘焉、刘璋置于《蜀志》首篇，亦似暗指日后刘备政权的"僭伪"性质。

刘表告发刘焉僭拟，自己并非没有"乘时以自王"的打算。他于献帝初平元年（190）出为荆州刺史，李傕、郭汜控制朝廷时拜镇南将军、荆州牧。刘表绝非小说里描述的那么暗弱无能，荆州本四战之地，更有宗部和山越为患，而刘表经营数载，便成为"地方数千里，带甲十余万"的一方大邦。但本传中，陈寿侧重描写他疑虑猜忌、谋而不决的性格，完全隐去了此公蓄意进取的一面。他被指责"僭拟"，主要是"郊祀天地"一事（见本传裴注引《先贤行状》及《后汉书·孔融传》）。郊祀乃帝王之祭，刘表此举难免被视为一种僭越。

宗室人物不想做皇帝的不唯刘虞一人，刘晔、刘放皆为魏臣，所谓"善承顺主上"之辈。刘岱、刘繇兄弟分领兖扬二州，天下扰攘之时，却并无据土称雄。刘表、刘璋绝不会想到，日后借帝胄绍承汉祚的竟是刘备。不过，刘备的宗室身份有些扑朔迷离，可置另一话题。

### 《三国志》所用"国家"一词

魏晋南北朝文献中多有"州家"（州牧或刺史）、"台家"（指尚书台，犹言政府）、"军家"之称，与署置、职事相连缀的"家"字，表示与前词关联之主人。按这般组词，"国家"一词无疑指国君。周一良《三国志札记》有"家"之一条，曰："古代言国家者，国指诸侯，家指大夫。东汉称天子曰国家……皇帝之称为国家，家字与台家、军家之家用法相同。"又曰："魏晋沿袭后汉旧习，亦称皇帝为国家。"(《魏晋南北朝史札记》，中华书局1985年版）周先生举述《三国志》及裴注引文所用"国家"数例，并为说明：

《魏志·武帝纪》注引《魏武故事》，"设使国家无有孤，不知当几人称帝，几人称王。"国家指汉皇帝，非谓中国。

又，《庞德传》，"我宁为国家鬼，不为贼将也。"《王凌传》注引《魏略》，"太傅曰，我宁负卿，不负国家。"国家皆指魏帝。

《吴志·鲁肃传》，"国家区区本以土地借卿家者，卿家军败远来，无以为资故也。""此自国家事。"国家皆指吴主。

其实，《三国志》使用"国家"一词不太多。这里尚可补充几例：

《魏志·刘表传》，刘表死后，傅巽劝说刘琮归顺曹操，有谓："以新造之楚而御国家，其势弗当也。"此处国家所指比较暧昧，字面上意思是汉帝（事在建安十三年，其时曹操尚未封魏公、魏王），但献帝既为曹操所挟持，自然实指曹操。

又，《崔琰传》裴注引《续汉书》，曹操欲诛太尉杨彪，孔融去说情，曹操推说是"国家之意也"，这当然也是曹操的旨意，但字面上国家仍指献帝。

再有《蜀志·马超传》，杨阜对曹操说，倘若放过马超，"陇上诸郡，非国家之有也"。这是建安十六年，曹操尚为丞相，国家亦当指天子。

不过，亦有例外。《武帝纪》建安十八年，献帝策命曹操为魏公，诏书大赞其功德，有"俾我国家，拯于危坠"之语。国家一词，这里不是献帝自谓，应作社稷、宗庙之义。

2022年1月28日整理<br>节选刊于《书城》2022年第5期

时间、地理及三国史架构

## 基本文献

**三国志** ［南朝·宋］裴松之注，中华书局1982年版

**后汉书**（附司马彪《郡国志》等），中华书局1965年版

**晋书** 中华书局1974年版

**资治通鉴** ［宋］胡三省注，中华书局2011年版

**后汉书三国志补表三十种** ［宋］熊方等撰，中华书局1984年版

**世说新语笺疏** 余嘉锡著，中华书局1983年版

**世说新语校笺** 徐震堮著，中华书局1984年版

**三国志补注**（外四种）［清］赵一清等撰，上海古籍出版社2008年版

**读通鉴论** ［清］王夫之著，中华书局1975年版

**廿二史考异**（《钱大昕全集》第2卷）　[清]钱大昕撰，江苏古籍出版社1997年版

**三国志平话**　古典文学出版社1955年版

**三国志集解**　卢弼集解、钱剑夫整理，上海古籍出版社2012年版

**三国演义**（毛宗岗评改本）　上海古籍出版社1989年版

**三国演义**（嘉靖本）　人民出版社2008年版

**三国戏曲集成·元代卷**　胡世厚校理，复旦大学出版社2018年版

**三国戏曲集成·明代卷**　杨波校理，复旦大学出版社2018年版

**三国戏曲集成·清代杂剧传奇卷**　胡世厚、卫绍生校理，复旦大学出版社2018年版

**宋元戏曲史**　王国维著，上海古籍出版社2008年版

**中国小说史略**（《鲁迅全集》第9册）　鲁迅著，人民文学出版社1982年版

**中国历史地图集**（三国·西晋时期）　谭其骧主编，中国地图出版社1990年版

图书在版编目（CIP）数据

建安二十六年：历史与文学书写的三国魏晋故事 / 李庆西著. — 北京：文津出版社，2022.12
ISBN 978-7-80554-820-3

Ⅰ.①建… Ⅱ.①李… Ⅲ.①中国文学—古典文学研究—三国时代—魏晋南北朝时代 Ⅳ.①I206.35

中国版本图书馆CIP数据核字（2022）第135159号

总 策 划：高立志
责任编辑：罗晓荷　侯天保
责任印制：燕雨萌
责任营销：猫　娘
装帧设计：田　晗

# 建安二十六年
## 历史与文学书写的三国魏晋故事
JIAN'AN ERSHILIU NIAN

李庆西　著

| | |
|---|---|
| 出　　版 | 北京出版集团 |
| | 文津出版社 |
| 地　　址 | 北京北三环中路6号 |
| 邮　　编 | 100120 |
| 网　　址 | www.bph.com.cn |
| 发　　行 | 北京出版集团 |
| 印　　刷 | 北京华联印刷有限公司 |
| 经　　销 | 新华书店 |
| 开　　本 | 880毫米×1230毫米　1/32 |
| 插　　图 | 61 |
| 印　　张 | 10 |
| 字　　数 | 146千字 |
| 版　　次 | 2022年12月第1版 |
| 印　　次 | 2022年12月第1次印刷 |
| 书　　号 | ISBN 978-7-80554-820-3 |
| 定　　价 | 88.00元 |

如有印装质量问题，由本社负责调换
质量监督电话：010-58572393